Maria-Buch

Eine Wallfahrtsgeschichte

Hans Grasberger

Impressum

Autor: Hans Grasberger
Umschlagkonzept: toepferschumann, Berlin

Verlag: tredition GmbH, Hamburg
ISBN: 978-3-8424-0531-8
Printed in Germany

Ziel der TREDITION CLASSICS ist es, tausende deutsch- und fremdsprachige Klassiker wieder in Buchform verfügbar zu machen. Die Werke wurden eingescannt und digitalisiert. Dadurch können etwaige Fehler nicht komplett ausgeschlossen werden. Unsere Kooperationspartner und wir von tredition versuchen, die Werke bestmöglich zu bearbeiten. Sollten Sie trotzdem einen Fehler finden, bitten wir diesen zu entschuldigen. Die Rechtschreibung der Originalausgabe wurde unverändert übernommen. Daher können sich hinsichtlich der Schreibweise Widersprüche zu der heutigen Rechtschreibung ergeben.

Erstes Kapitel

Der Fuhrmann auf der Straße

Zu den »heiligen drei Königen« hat es heißen wollen und zu den
»drei Königen« heißt's. Das »heilig« ist für ein Wirtshausschild zu
anstößig befunden und in der schmalen Aufschrift über der Türe
wieder ausgewischt worden, freilich so, daß man durchs fehlende
Wörtlein eigens aufmerksam gemacht wird und dasselbe unschwer
errät, wenn's nicht gar noch aus dem deckenden Klexe golden vor-
leuchtet. Es hätt' ja ohnehin nur »heil.« lauten wollen, und in Wien
gibt es ein Versorgungshaus »zum blauen Herrgott« und ein großes
Einkehrwirtshaus »zur heiligen Dreifaltigkeit«, wiewohl man auch
dort den Namen Gottes nicht eitel nennen soll. I, wenn halt ein neu-
er Kaplan just seinen Eifer zeigen will, ist man auf dem Lande und
im Gebirge oft heikeliger als in der Stadt.

Und recht ins Gebirge haben sich die drei Könige verirrt; sie sind
am Übergangssattel aus dem Steierischen ins Kärntnerische, gleichsam auf der vorletzten Staffel desselben seßhaft geworden, aber ihre
Herrlichkeit ist gar nicht weit her. Die Wirtschaft hat sich aus einer
Keusche herausgeputzt und räumlich hat diese wenig zuzunehmen
gebraucht. Doch blank ist die Schwelle, die Zechstube innen und
außen sauber geweißt, und wenn aus den Fensterchen des wetter-
gebräunten hölzernen Obergeschosses ein paar Nelken niedergrü-
ßen, so läßt das auf eine muntere Kellnerin schließen. Die ist aber
kurz angebunden, und der alte Dreikönigwirt, der unter seinem
grünen Samtkäppchen hervor gar schlau in die enge Welt schaut,
hütet sie wie seinen Augapfel. Sie ist seine Tochter – jawohl, seine
weitschichtige Tochter, sagen andere und lächeln dazu, was uns
aber nichts angeht. Der Alte sagt uns doch auch nicht, woher er
ohne Zwischenhändler seinen guten Tropfen bezieht, oder warum
er mit seiner Resi ganz allein wirtschaftete, obwohl er ein Knechtlein
nebenher leicht auszuhalten vermöchte. Auch ist die Resi guter
Dinge und hat doch ihr Lebtag gegen die jungen zutäppischen
Mannsbilder eine Igelhaut gekehrt. Er soll sie in sein Testament
gesetzt haben, der Alte, falls sie ihm die letzte Treue erweisen würde, was man bei einer richtigen Tochter doch von selbst vorausset-
zen sollte.

Nicht was der Dreikönigwirt im Keller hat, sondern was ihm vor dem Häuschen sprudelt, macht seinen Segen aus. Es ist dies sein Röhrbrunnen, das beste Wasser weit und breit. Und der Trog, der's auffängt, gestattet bequem zwei Paar Rössern durstige Annäherung. Ein richtiger Fuhrmann sieht aufs Wässern, und wo seine Gäule einen tiefen Trunk tun, da schüttet er ihnen auch gerne auf und rückt ihnen den Futterkorb zurecht. Das geht schön unter einem, und auch ein braves Pferd will seine Hauptmahlzeit haben. Also wo gut wässern, ist gut füttern und wo man füttert, kehrt man selber zu. Der lange Veit im blauen Fuhrmannskittel weiß den mürben Salat und das Geselchte der wirtlichen Resi ebenso zu schätzen wie des Vaters süffigen Schilcher, und für ähnliche Gesellen, ob sie nun Kohl- oder Flossen-, ob sie Salz- oder Getreideführer sind, ist bei den »Dreikönigen« auch der Habersack ergiebig.

Der lange Veit hält also vor der kleinen Wirtschaft. Er kommt vom fruchtbaren Murboden herauf und hat Mehlsäcke, zum Platzen volle, unter seinem Blachendache, nicht so sehr für die Bauern und Bürger der kargeren Gegenden im allgemeinen, denn diese kommen zur Not mit dem aus, was auf ihren eigenen Äckern reift, als vielmehr für den unteren und den oberen Bäcker im nahen Marktflecken, wo die Sensenschmiede einen guten Verdienst und ein leckeres Maul haben. Veits Peitschenknall ist talaus, talein bekannt; seinen Schimmeln hat er das Kummet so reich und glänzend als möglich behängt; »scheppern« muß es, wo er einherzieht; die Achselbörtlein seines Kittels steppt ihm nicht leicht eine Nähterin fein genug ab, und sein Spitz weiß auf der staubigen Straße Bescheid, so daß er nur selten von der Blache herab oder unter der Wage hervor die weißen Zähnlein bleckt.

Fuhrleute sind gewöhnlich beschaulich und wortkarg. Es stößt ihnen viel auf unterwegs und sie gewinnen auch in Dinge Einblick, die man nicht gerne an die große Glocke hängt. Sie haben Zeit, sich über allerlei Gedanken zu machen und, aus der Gemächlichkeit aufgerüttelt, trifft ihr Witz.

Auf diesen ließ es die braunäugige Resi nicht gerne ankommen, seitdem Veit einmal mit seinem spitzen Gesicht, in seiner trockenen Weise höchlich verwundert getan, wie gut der Herr Vater noch beinand' sei und wie er von Glück sagen könne, ein so sauberes

Murtaler Kind gefunden zu haben. Das war eitel Teilnahme und Schmeichelei, sollte man meinen. Aber der Resi mußt' es doch anders geklungen haben; denn sie antwortete damals ganz gegen ihre sonstige spöttische Art, kleinlaut, mit einem fast bittenden Aufblick zum Hageren: »Ihr seid von jeher schlecht gewesen, Veit, und habt wohl gar eine Freude dran, ein armes Ding ins Gerede zu bringen.« Drauf jener: »Da kennt mich die Jungfrau schlecht; ich möcht' mir viel lieber ein für allemal ein ›Bildl‹ bei ihr eingelegt haben.« Und sie: »Die ohnehin ein hartes Fortkommen haben, sollten einander nichts in den Weg legen.« Und er: »Ein Fuhrmann auf der Straßen kehrt da und dort zu, möcht' aber nirgends überhalten sein.« Das waren seltsame Redensarten damals, und was sich die beiden darunter gedacht haben, ist niemals recht klar geworden. Aber die Resi soll über die unerwartete Bekanntschaft so erfreut oder verwirrt gewesen sein, daß sie dem hämischen Gast ungeheißen vom Besseren vorgesetzt und sich zu ihrem Schaden in der Rechnung geirrt habe; und der Garstige, heißt es, habe dazu geschmunzelt, statt sie auf den Fehler aufmerksam zu machen. Und seit jener Zeit hat sich Veit überhaupt über die »Dreikönige« nicht zu beklagen gehabt.

Ja, ein Fuhrmann kommt viel herum; er sieht die alten bekannten Gesichter immer wieder gern und weiß danach die Saiten aufzuziehen. Und was soll denn auch Bedenkliches daran gewesen sein, wenn der lange Veit die Resi lieber eine schmucke Murtalerin nannte, während ihres Vaters Anwesen den Eingang in den Schwarzbachgraben hütet? Der alte Dreikönigwirt war vor Jahren sogar im Unterlande kein seltener Gast, und wer hat sich darum zu kümmern, wenn er unterwegs wo zu einem hübschen Kinde gekommen? Und auch das ist begreiflich, daß die Schöne auf ihren Vater steht und, um zu verhindern, daß er in fremde Hände gerate, vorläufig noch nicht ans Heiraten denkt.

Veit war vors Haus getreten und überlegte, ob er nicht schon sein gebieterisches Hü! rufen und wieder die Geißel schwingen solle; der Spitz war bereits auf die Wagendecke gesprungen und spreizte die Beinchen, um leichter den ersten Ruck nach vorwärts zu bestehen. Aber Meister Blaukittel schaute groß auf. Ein fremdes Dirnlein setzte, vom diesseitigen Berghang kommend, eilfertig über den Weg, um in den Graben zur Rechten einzubiegen und sofort an der sonnigen »Leiten« zu den vereinzelten Bauernhöfen emporzusteigen. Es liegt zutage, die Maid will nicht gesehen werden; sie ist müd' und hastet dennoch weiter, die bequemere Straße meidend; sogar vor der Schenke weicht sie aus, auf daß ja nicht deren helle Fensterchen oder die brennenden Nelken nach ihr ausblickten. Sie ist auch nicht des Langen ansichtig geworden, wohl aber er ihrer. Ob er sie erkennt? Noch ist er seiner Sache nicht recht sicher; denn wie ein schlankes wechselndes Reh ist sie über den Weg dahin, und das schwarze runde Gupfhütlein mit den kurzen Flatterbändern rückwärts ließ vom geängstigten Gesichtchen soviel wie nichts unterscheiden.

Veit schüttelt den Kopf und so sinniert er: Wie wär denn das möglich? Das ist am End' gar die Gertrauder Marie – wie kommt denn *die* daher und wo soll's hinaus mit ihr? Das müßt' ein schwerer »Binkel« sein, wenn sie »wandern« wollte; denn sie hat ihre Sachen ja immer schön beisammen gehabt. Den Dienst verlassen, um diese Zeit, – von der bravsten Dirn im Lavanttal ist so 'was nicht vorauszusetzen. Und die alte Groggerin hatte sie wohl gar nicht fortgelassen; sie ist bei dieser all die Zeit her wie ein Kind im Haus gewesen. Es muß 'was Besonderes gegeben haben, und ich kann mir's nicht denken, daß die hätt' fort müssen. Sie hat doch auf die Alte geschaut, wie ein anderes auf die eigene Mutter nicht, und so »lüftig« wie sie in der Küche, im Keller und bei den Gästen hab' ich noch keine gesehen; sie hat zu allem eine gute Hand, das muß ihr der Neid lassen; was sie tut oder macht, hat einen besonderen Schick; und es steht ihr halt so viel gut an ... Ich weiß nicht, warum sie mir so ans Herz gewachsen ist, die Gertrauder Marie. Freilich wohl, freilich wohl ... und es kommt mir oft auch selber so für ... und mit der Zeit stimmt es grad auch ... und es hat nur *eine* so einen Gang gehabt wie die da ... und das gescheiteste ist's gerade nicht gewesen in meinem Leben, daß ich derselbigen so bald die Lieb' aufgesagt ... und es könnt' viel anders sein, mein' ich, wenn ich rechtzeitig dazugeschaut hätt'. Wahr ist's und auch wieder nicht; es kann sein und wieder nicht auch; denn wer kennt sich denn aus in der *ledigen* Welt? ... Nun ja, ich kann ja heut' in St. Gertraud einstellen, wenn ich mich tummle. Dort wird man wohl wissen, was das arme Kind auswärts sucht. Es muß was abgesetzt haben; denn umsonst verläßt sie einen Platz nicht, wo sie so gut wie daheim ist. Und völlig wie ein Deserteur ist sie auf und fort über die Berg'! ... Hü! Hü sag' ich, und du, Handiger, laß dich nicht nötigen! Wüstahoo!

So brach der lange Veit von den »Dreikönigen« auf. Die Straße stieg noch merklich an und führte bei den Eisenwerken vorüber, deren jedem ein grüßender Knall vermeint war; auf der Rückfahrt konnt' es ja hier ein paar Fässer Sensen und dort Schaufeln oder Hauen zu verfrachten geben.

An beiden Enden des Marktfleckens ward abgeladen. Außen glichen die Semmel- und Mundmehlsäcke einander völlig; aber die weißen Gesellen, welche sich dieselben mit Kraft und Geschick auflüpften, vergriffen sich doch nicht. Veit hatte die Blache abgenommen und richtete die staubausschwitzenden Metzenbündel so auf, daß sie über den Wagenbord emporragten und so leicht von den Schultern des Trägers unterfangen werden konnten.

Nachdem die Säcke geborgen waren, betrat der Fuhrmann die Backstube, in welche der große Ofen wie ein Mauerwürfel vorragte. An diesen schmiegte sich der Trog, welcher einem mächtigen Einbaum ähnlich sah. Der Mischer knetete emsig weiter, aber die Frau Meisterin kam mit aufgeraffter Schürze, darin es schwer niederwuchtete; mit großen Augen schlichen, eins ums andere, Kinder herbei und einmal da, sprangen sie auf die Bank und drängten sich an den Tisch. So was wie heut' gibt's nicht alle Tage zu sehen, und es gilt eine Augenweide, die leider Gottes jedes Menschenherz lüstern macht.

Der Fuhrmann hat den Kittel kopfüber abgestreift und sitzt nun noch einmal so schmal da. Auch die Geldkatz' um seine Mitte sieht noch hungerig aus.

Sie rechnen mit der Kreide, Veit und die Meisterin, jedes für sich eine andere Tischecke bekritzelnd. Die Aufzeichnungen müssen wohl übereinstimmen, denn jetzt beginnt das große Schauspiel, an welchem sich die Kinderaugen kaum ersättigen können.

Die Meisterin langt nämlich in die Schürze und zählt drei Silberzwanziger auf den Tisch und darunter reiht sie drei andere, und wieder andere marschieren auf, drei Mann hoch, und wieder andere rücken in Reih' und Glied, und nun ist schon die zehnte Lage fertig. Aber es nimmt noch lange kein Ende. An die erste dreizeilige

Säule setzt sich von oben niederwärts die zweite, an die zweite die dritte und vierte an. Der halbe Tisch ist schon silbern gepflastert. Den ausleerenden Fingern wird die Arbeit sauer; die Kinder staunen, wie reich die Frau Mutter ist, doch der garstige Mann tut noch immer nicht dergleichen, als ob er genug bekommen könnte. Mit seinen beiden gierigen Händen scharrt er den blinkenden Reichtum zusammen und füllt die Katze damit, als wären ihm solche Einnahmen so wenig etwas Neues wie dem Mesner der Groschen oder Kreuzer in den Klingelbeutel. Merkwürdig, daß es auch solche Raubvögel geben kann!

Und ihr Merkwürdiges hatte die gute Silberzwanzigerzeit immerhin. Es gab Bargeld und Barzahlungen; Kredit und Wechsel waren schier unbekannte Dinge.

Nachdem Veit seinen Ranzen leidlich gefüllt und den blauen Kittel wieder angezogen hatte, setzte er sich unter die Blache und fuhr zum Märktlein hinaus, der kärntnerischen Grenze zu. Er selber hatte es schwerer, die Rößlein aber leichter; sie mußten noch ein paarmal bergan, aber dann war der Grenzsattel überwunden, und ins freundliche Lavanttal hinab mußte sogar der Radschuh eingelegt werden; ebenaus ging's wie geschmiert. In Reichenfels gab es kurzen, in St. Leonhard längeren Aufenthalt – da ließ sich ja vielleicht schon als Rückfracht alter Most erfragen. Niemals leer fahren, war Veits Lieblingssprüchlein.

Er konnte sich streckenweise einem gemächlichen Duseln überlassen; einige Male tauschte er auch wegen säumigen Ausweichens oder unrechten Fürfahrens mit seinesgleichen saftige Grobheiten aus, und von solchen weiß man, daß sie oft länger als der Donner im Gebirge nachgrollen. Als aber die Schatten des Twenggrabens näher und näher rückten, als es zwischen den Bergwänden, welche da und dort kaum dem jungen Fluß und dem Sträßlein Raum gewähren, doppelt zu dunkeln begann, hielt der Fuhrmann wie sein treuer Spitz die Augen offen. Der Graben erfreute sich eben nicht des besten Rufes, und mit einem vollen Beutel reist man weniger sicher als mit schweren Mehlsäcken.

Längst hatte der lange Veit St. Gertraud glücklich erreicht, seinen Wagen unter Dach gebracht und dem klugen Spitz sein nächtliches Wächteramt eingeschärft; längst auch im Stalle nachgesehen, ob seine Schimmel zu ihrem wohlgemessenen Teil kämen, – nicht als ob auf den Roßknecht Michel kein Verlaß gewesen wäre, sondern weil ein ordentlicher Fuhrmann seinen gefütterten und gestriegelten Tieren zu guter Nacht noch gerne mit schmeichelnder Hand übern Rücken fährt; und nun hatte er in der Zechstube schon eine gute Weile das Glas vor sich, machte aber noch immer keine Miene, sich nach der flüchtigen Marie zu erkundigen und so seine Neugierde zu befriedigen. Es galt erst wahrzunehmen, wie's jetzt im Hause zugehe, und das Fuhrwerken macht ja bedächtig.

In der Herrenecke hatte der ein' und andere Schreiber des Verwesers Platz genommen; in der Nähe des Kachelofens saßen ein paar rußige Gesellen, Werksarbeiter, und »dem Veit deck' da auf,« hatte die Frau Groggerin ihrer neuen Kellnerin bedeutet; »Fuhrleute haben gerne die Türe im Auge;« auf diese Art ist der staubige Gast an den Mitteltisch zu sitzen gekommen.

Von der Frau Groggerin geht die Rede, daß sie dem Gesinde auf Holz, den Fuhrleuten auf Zinn und den Herrschaften auf Silber auftragen lasse. Das hat seine Richtigkeit, und das viele Porzellan und Glas im Wandschrank ist just auch nicht schlechter Herkunft, und auf schöne Tischwäsche sieht jede richtige Wirtin und Witfrau. Aber freilich, die Kerzen auf den Tischen sind im Hause selbst gezogen worden; sie lassen die Lichtputze nicht wohl entraten, denn es ist nicht jedermanns Sache, mit benetztem Daumen und Zeigefinger in die Flämmchen zu greifen, und der Fidibusbecher um den Leuchter gilt für eine neuartige Erfindung.

Die Gäste fühlten sich nicht recht behaglich; denn diejenige, welche geräuschlos kam und ging, und, allen eine liebliche Erscheinung, für jeden einen aufmerksamen Blick und ein freundliches Wort hatte, war nicht da; ihre Stellvertreterin glich einer Hummel, die, von ungefähr hereingeraten, brummend mit dem Kopf gegen Wand und Fenster fährt, ehe sie den Ausgang findet. Daher kamen häufiger als sonst die grauen Schläfen, die weiße Haube und die guten Augen der Frau Mutter am Küchenschalter zum Vorschein; häufiger als sonst rief sie auch ein weisendes Wort zur halbgeöffneten Türe herein; es klang nicht herrisch, nicht ungeduldig, aber ein leiser Ärger zitterte doch durch dasselbe.

Zuerst brachen die rußigen Gesellen auf; sie mochten müde sein. Der eine Schreiber hatte noch keinen Silberzehner verzehrt und ging; der andere blieb noch, schien aber eigenen Gedanken nachzuhängen, und das vermehrte noch den gewinnenden Ausdruck seines Gesichtes; für einen stillen Zecher war er offenbar noch zu jung.

Und still war es nun, recht still im Gastzimmer; die Kellnerin machte sich lieber draußen zu schaffen als herinnen, der Schreiber brauchte zur Zwiesprache mit sich selber kein lautes Wort, und der lange Veit wartete geduldig, als sähe er seinen Rössern beim Fressen zu. Seine Anwesenheit mußte der Wirtin zu denken geben, das wußte er; und wie er selbst derselben kommen wollte, das zu überlegen hat er Zeit genug gehabt. Und jetzt kann er seine Frage auch wohl schon anbringen, denn die alte Groggerin betritt eigens seinethalb die Stube.

Sie ist ein rühriges Weiblein. Es gibt auch eine herbstliche Frische, eine milde Spätjahrsblüte und diese ist ihrem Gesichte eigen; kein Fältlein darin ist bösartig, und so viele deren auch sind: sie bilden keine harte, keine eigensinnige Schicksalsschrift. Und die Nettigkeit selbst ist die alte Frau; nett ist ihr hausmütterlicher Anzug, nett ihr Leibhaftiges wie ihr Wesen. Ihre grauen Augen blicken noch ebenso scharf als klar; ein gutmütiger Blick, ein deutsamer Blick fällt an denselben sofort auf. Bei ihrem Anblicke fragt man nicht weiter, wer dem ansehnlichen Hauswesen vorsteht, wer es im richtigen Gang erhält.

Und die gute Frau ließ sich neben Veit, der sich auf der langen Bank noch kaum gerührt hatte, auf einen Stuhl nieder. So ist's sonst ihre Art, wenn sie ein bißchen das weiße Linnen aufhebt und auf der Tischplatte mit der Kreide die Rechnung ansetzt. »Mir scheint,« hebt der Lange an, »die arme Marie geht der Frau Mutter überall ab.«

»Ja, Veit, ja,« erwidert die Wirtin lebhaft; »ich hab' mir gleich gedacht, Ihr wißt 'was von ihr. Die braven Schimmel haben's entgelten müssen; Ihr stellt sonst lieber in St. Leonhard oder Frantschach ein. Und laßt mich nicht länger zappeln, Veit! Wenn sie mein eigenes Töchterlein wär', ich hätte mich die Tag' her nicht mehr ängstigen können.« »Wie denn? Sie wird ja doch nicht ohne der Frau Mutter ihrem Wissen auf und davon sein?« »Völlig aus der Weis ist's, wie ich Euch sag'! Ein bißchen eigen und so für sich hin ist sie wohl alleweil gewesen; aber man hat sie auch um das lieber haben müssen, wenn ihr 's Herz aufgegangen ist. Daß sie mich ohne Vergelt's Gott, ohne Behüt' dich Gott, Mutter! verlassen, daß sie mir das antun könnt', hätt' ich mir mein Lebtag nicht verhofft. Ich hab' sie ja ans der Tauf' gehoben, und aufgewachsen ist sie bei mir, und geschaut hab' ich auf sie wie auf ein goldenes Lamberl (Lämmchen), und sie hat auch bis zum letzten Tag gut getan, das muß ich sagen; und ja, wie man sich schon so seine Gedanken macht, und Euch darf ich's ja verraten, der Ihr so viel hört und seht: wenn mein Hans einmal aus der Fremd' zurück wär', wenn's zur Übergab' hätt' kommen sollen und wenn er just einen Gefallen gefunden hätt' an der Marie, ich hätt' nicht nein gesagt, wiewohl sie nur ein Dienstbot' und ein armes lediges Kind ist. Jetzt ist freilich das alles aus.« – »Na, na, liebe Frau Mutter! Ein durchgegangenes Rößl gehört nicht gleich fürn Schinder. Und einen Tuck hat ein jeder Mensch, und 's junge Weibervolk gar. Ein bißchen ›verübelhaftig‹ ist sie gewiß auch, und hat's vielleicht einen kleinen Verdruß gegeben?« – »Nicht ein krummes Wörtl meinerseits! Und es hat ihr auch sonst niemand 'was in den Weg gelegt, denk' ich. Wer könnt' ihr denn feind sein? Das heißt, jetzt ist's wohl anders.«

»Und wie lang', wenn ich so fragen darf, ist sie denn schon aus dem Haus?«

»Eine kleine Ewigkeit, kommt's mir für; denn mit der andern, der Lies', kann man doch keine Ehr' aufheben. Also, am letzten Sonntag hat sie noch geschafft, als ginge nichts vor in ihr. Ein genötiger Tag ist's gewesen und hart ist's ihr angekommen, wie's spät und später geworden ist. So viel hab' ich ihr schon angekannt; denke mir aber: das sind Zuständ', wie sie kommen und aufhören, und wie sie ein junges, gesundes Ding noch allezeit überstanden hat. Mir selber, aufrichtig gesagt, ist's aber doch zu viel geworden. Ich bin gewiß gerne die erste auf und die letzte im Bette, und es muß arg sein, wenn mir einmal beim Herd die Augen zufallen. Schon um Mitternacht aber hätt' ich die tollsten Schreier und Saufhäls' zu allen Geiern wünschen können. Ich leg' mich also schlafen; auf die Marie hab' ich mich ja ganz verlassen können ... Gestern in der Früh, wie ich Umschau halte: wer nicht beim Aufräumen ist, das ist die Marie. Das hätt' mir auffallen sollen. Ich vermein' aber, sie hat sich verschlafen und es ist ihr zu gönnen, sie hat sich ja viel zu plagen gehabt. Wie's aber später wird, frag' ich denn doch die Len', ihre Schlafkameradin, und ich glaubt', mich trifft der Schlag, wie *die* mir erzählt, die Marie müßt' längst herunten gewesen sein, und dieselbe hätte sich besser angezogen, und es hätt' ganz den Anschein gehabt, als wie wenn sie einen Gang zu machen hätt' für mich. Wer? – Sie, die Marie! Jetzt schwant mir gleich nichts Gutes und ich nehme die Len' schärfer ins Gebet. Die ist aber maulfaul und auch sonst kein Kirchenlicht. Mit Not bring' ich aus ihr heraus: schon längere Zeit sei ihr die Marie etwas wunderlich vorgekommen; und sie hätt' immer einmal im Schlaf aufgeredet und geseufzt, die Marie; und sie hätte sich im Bette immer gleich zur Wand hinüber gedreht und nichts reden mögen, die Marie. So die einfältige Leni; ich weiß jetzt noch nicht, was ich davon denken soll. Und zuerst haben wir doch wohl das ungeratene Kind suchen müssen. Das ganze Haus haben wir umgekehrt, aber gefunden haben wir's nicht. Bei mir hat sie noch den ganzen Lohn stehen, und ihre Sachen hat sie in schönster Ordnung zurückgelassen, und nicht einen Gruß ist ihr all die Lieb' wert gewesen, die man zu ihr gehabt hat.... Verzeih mir's Gott, wenn ich ihr unrecht tu', aber sagt selbst, Veit, ob Euch so etwas schon untergekommen?«

Der Lange hatte aufmerksam zugehört und darüber hinaus noch ein Stück geschwiegen. Sodann meint' er: »Ich mag's drehen wie ich will, ich bring' nichts anderes heraus, als daß sie kleinverzagter Weis' der ganzen Welt den Rücken hat kehren wollen. Wer hineinschauen könnt' in ihr armes Herz! Leicht wohl hat sie einen großen Kummer mit auf die Reis' genommen. Hat man nie was von einer Liebschaft gehört?«

»Sie hat's selber nie verwinden können, daß sie ein lediges Kind ist, und lieber alles in der Welt, lieber sterben, als ein so unglückseliges Geschöpf in die Welt setzen: ist ihre Red' gewesen, wenn man sie mit dem ein' oder anderen aufgezogen hat. Aber ja,« fuhr die alte Frau fort, einen scharfen Blick dem einsamen Gast am Herrentisch zuwerfend, »der Herr Kohlschreiber könnt' vielleicht was wissen; er ist ihr schon eine Zeit her nachgestiegen. Ja, Herr Huber, und mit Verlaub: für leicht, für ein bißchen leicht halt' ich Sie, aber nicht für schlecht – hätt' auch noch keinen Beweis dafür.«

Auf das hin sprang der junge Mensch auf, blutrot im Gesichte. Das war ein persönlicher Anwurf. Vielleicht hatte er mehr erlauscht, als man drüben voraussetzte – oder sollte die kluge Frau auch eigens ihm zu Gehör gesprochen haben?

»Frau Mutter,« stammelt' er heftig, »das verbitt' ich mir! Nicht auch ich. bin Ihr Pflegekind. Wenn ich und die Marie so zueinander stünden, hätt' sie sich wohl wenigstens bei mir empfohlen. Ich kann aber beschwören, daß ich nicht weiß, wo sie steckt.«

Damit brach er auf, hinter sich die Türe zuschlagend. Sein Glas war erst halb geleert, seine Zeche unbeglichen.

Nun waren sie völlig allein, die Wirtin und der Fuhrmann. Letzterer hatte den Burschen gut aufs Korn genommen und damit, daß er den Kopf schüttelte, mocht' er andeuten wollen, daß er denselben keineswegs für unverfänglich halte.

»Ich hab' ihm schon längst einen ›Deuter‹ geben wollen,« sagte die alte Frau; »er hätt' auch dagegen aufbegehren dürfen; aber ohne diese gemachte Hitz' hätt's mir besser gefallen. Er ist ein geschickter Mensch sonst, aber die blauen Fürtücher haben ihm's angetan, oder er ihnen, wie man's nimmt. Wollte Gott, daß ich zu schwarz sähe! Wenn sie nur ein Vertrauen zu mir hätt' haben wollen, das arme Kind! Aber, was auch geschehen ist, ich will die Hand nicht ganz von ihr abziehen. Und nun erzählt, Veit, wo sie ist und was sie macht – es ist eh besser, daß der Kohlschreiber schon fort ist.«

»Ja, viel kann ich der Frau Mutter nicht sagen. Gesehen hab' ich sie, oder ich glaub' wenigstens, daß sie's gewesen ist. Und dann hab' ich sie mehr an ihrem Gang erkannt, als daß ich ihr liebes Gesichtl ausgenommen hätt'! Oberhalb Kathal ist's gewesen und beim Dreikönigwirt heißt's, wo ich gewässert und gefüttert hab'. Und wie ich so bei meinem Wagen steh', kommt 's Hascherl aus dem Walde herfür und ist auch schon wieder drüben auf der anderen Seiten im Wald. Ich hab's nicht anreden, nicht fragen können; denn grad' verkehrt: meine Schimmel haben ins Kärntnerische müssen und sie, die's da so gut gehabt hat, sucht draußen auf dem Murboden wo eine Zuflucht. Hat sie vielleicht Verwandte noch draußen?«

»Daß ich nicht wüßt'! Eine Steirische ist allerdings ihre Mutter gewesen. Und nicht wahr, Veit, Ihr schaut Euch weiter um sie um und laßt mir Post sagen, wenn Ihr selber nicht kommt? Jetzt aber gute Nacht, Veit! Spät ist's worden, und morgen ist Frauentag.«

Zweites Kapitel

Der Frauentag

Und ein Frauentag führt in Maria-Buch viel Leute zusammen; um so gewisser, wenn derselbe wie Mariä Geburt in eine Zeit fällt, da die meiste und dringendste Feldarbeit schon getan ist. Die Schwalben rüsten sich zum großen Flug in eine mildere Heimat und auch in den geplagten Menschen rührt sich die Wanderlust.

Sie haben so lange der Scholle angehört, sie konnten von ihr nicht los, sie haben auf ihr gebückt geschaffen; jetzt aber richten sie sich auf und halten Umschau. Der Erntesegen ist eingebracht; er hat viel Schweiß gekostet, aber er erfreut auch und sichert ein Stück Zukunft, so daß ein zuversichtlicher, ein dankbarer Ausblick gar wohl am Platze ist.

Andererseits ist aber das schönste Stück des Jahres bereits um, die Tage werden kürzer, es herbstelt und der Herbst ist die lichtere Schwelle des dunklen, langen Winters; was kann, was wird dieser bringen? Sind die vollen Scheuern nicht allerlei Unbilden und Gefahren ausgesetzt? Ist der Stall gefeit? Muß nicht mit neuem Mute die Wintersaat bestellt werden und ist nicht doch noch so viel draußen auf den Äckern und in den Gärten, das des Schutzes bedarf und erst geborgen werden muß? Ja, in die Besitzfreude des Bauers mischt sich Sorge und Kummer; er fühlt sich von unsichtbaren Mächten abhängig, und ihnen sein Anliegen vorzubringen, ihnen sein Vertrauen zu bezeugen, wird ihm zum Bedürfnis, das ihn nicht minder demütigt als erhebt.

Das Landvolk wandert gern, wenn es von der Arbeit abkommen kann; aber es hat keine eigentlichen Ferien; es ergeht sich nicht frei und ungebunden – sein Wandern wird zum Wallfahrten. Und das Landvolk will die schöne Welt sehen, liebt Neues, will sein Bestes, ein empfängliches und gehobenes Gemüt in ungewohnte Gegenden tragen; aber es sucht nicht Kurplätze, Bergasyle, Modestätten, sondern Gnadenorte auf. Und am gelegensten deucht den Bauern, auszuziehen, wenn die sommersiedelnden Städter heimkehren, und während diese mit Wind und Wetter in beständigem Hader liegen, nimmt jener beides, wie's kommt, und es würde seiner Wallfahrt das rechte geistige Salz fehlen, wenn sie zu glatt abliefe.

Maria-Buch ist ein kleiner Wallfahrtsort mit einer großen Kirche; es berühmt sich eines gar vornehmen Ursprungs, wird aber von Bauern bewohnt und vornehmlich von Bauern besucht; es ist sehr alt, erzählt seine Legende in teilweise noch unverblichenen Farben und hat über dem mittleren Portal einen funkelnagelneuen Turm bekommen.

Die schöne Kaiserin kehrt aus dem Münster; ein vermessener Günstling steckt ihr ein heimliches Briefchen zu. Sie kann nicht rügen und strafen, ohne Aufsehen zu erregen, und der Zorn des hohen Gemahls, der ihr zur Seite die Kirche verläßt, träfe unbesehen und furchtbar. Klug das Gericht aufsparend birgt die junge Fürstin den frevelhaften Zettel vorläufig in ihr Andachtsbuch, das von kunstfertigen Mönchen säuberlich geschrieben und mit vielen andächtigen Bildchen auf Goldgrund geschmückt ist. Derlei Gebetbücher zählen heute zu den kostbarsten Altertümern – die Andacht ist seither billiger geworden, hat aber dafür an Saft und Kraft verloren. Die Kaiserin ergeht sich vom Altar weg lustwandelnd im nahen Tann und, wie's schon so sein will, sie verliert ihr Buch. Dasselbe wäre zu verschmerzen gewesen; aber die Schelmenreime darin, wenn sie in unrechte Hände gerieten, hätten großes Unheil stiften können. Begreiflich, daß die schöne Herrin selbst das Buch suchen ging, der Helferin der Christenheit ein schönes Haus gelobend, falls sie das teuere Kleinod uneröffnet wiederfände. Und das Buch lag in seiner ganzen Unschuld da, wo jetzt noch die Gnadenkirche steht; denn die schöne Kaiserin hat Wort gehalten, und daß der lüsterne Golo seinen Teil abbekommen hat, ist selbstverständlich.

So ist Maria-Buch entstanden, und daß es so vornehm dabei hergegangen, beirrt den Bauer nicht. Er denkt sich seine Helfer und Gönner am liebsten in Glanz und Herrlichkeit; die Heiligen im Himmel müssen doch wohl zu Ansehen gelangt sein, und eine schöne Kirche auf Erden baut sich nicht aus knauserigen Opferkreuzern auf.

Schon gestern, am Vorabend, sind die Kerzen am Gnadenaltare aufgezündet gewesen, haben viele Wallfahrer ihren Einzug gehalten und ist ihnen ein feierlicher Segen erteilt worden. Heut' aber rückt ein Fähnlein nach dem andern an; bald von dieser Seite, bald von jener Seite erschallt der Lobgesang: »Maria-Buch, du Gnadensaal, sei uns gegrüßt viel tausendmal« – so oder ein bißchen anders, deutsch oder windisch, und immer wieder läuten bewillkommend die Glocken und holt der Priester, mit Geleite aus der Kirche vortretend, die neue Schar ein. Und diese, umringt den Gnadenaltar, wirft sich vor demselben auf die Knie, wohnt der Messe, dem Hochamt, der Predigt oder der Litanei bei und gönnt sich nicht früher Rast oder kargen Imbiß, als bis sie ihrer Andacht Genüge getan. Die guten Leute haben sich heiser gebetet, sind bestaubt und wegemüde; sie sind zu wenig welteitel, als daß sie schon geordnet einzuziehen gedächten; sie tragen ihren Mundvorrat und ihre Ruhekissen meist in einem großen Bündel auf dem Rücken, und nicht selten schlägt dieses Bündel kopfüber auf den Boden, wenn sie sich andächtig niederwerfen; der Wirt im Örtlein hat mehr Heu und Stroh als Betten vorrätig; an Küche und Keller werden geringe Anforderungen gestellt; eine Bußfahrt ist kein Kirchtag.

Das Örtlein ist gleichwohl voller Leben. Das kommt und geht, eint und löst sich, schwirrt und schwärmt durcheinander wie um einen Taubenschlag! Und während alles so in Bewegung ist, was sinnt und säumt allein nur die fremde Dirn, welche die längste Zeit schon abgesondert, auf einem und demselben Fleck unter dem Kirschbaum sitzt?

Sie hat sich bisher keinem Zuge angeschlossen, scheint auch nach keiner erst zuwandernden Schar auszublicken und für sich selbst hat sie noch keinen Schritt in die Kirche getan.

Den Gnadenpfad behält sie dennoch unausgesetzt im Auge und wenn Sehnsucht, Andacht und Zuversicht einen schwärmerischen Ausdruck haben, so kommt er an diesem seltsamen Kinde zum Vorschein.

Ein blutjunges Geschöpf ist sie noch; sie ist fein und schön, doch ihr Gesichtchen ist leidvoll und manchmal scheint sie an der Rast nicht genug zu haben, sondern wie gebrochen in sich zusammensinken zu müssen. Dann macht sie den Eindruck, als wäre sie weit über ihre Jahre hinaus, als trage sie unverhältnismäßig schwer, als mache sie sich Gedanken, die von Glück und Frohmut fern abliegen, und als ziehe sich ihr ganzes Wesen zu einem letzten Entschluß und Trotz zusammen. Und das eigensinnige Mädchen zögert noch immer; will sie abwarten, daß sich die Menge verlaufe und die Kirche leer werde? An einem Frauentag bleibt sie den ganzen Tag offen und es lösen darin die einen die anderen ab. Oder will sie die Gnadenmutter für sich allein haben? O, die hat heute gar vielen Zutritt zu gewähren, auf viele herabzublicken, vieler Bitten und Anliegen ein mildes Gehör zu schenken. Was wiegt der verschämte Kummer, des einzelnen Leid, wo groß die Not und allgemein?

Der Tracht nach ist das Mädchen eine Lavanttalerin; weiß sie daheim keine Gnadenschwelle oder scheut sie dort mit Bekannten zusammenzutreffen?

Sie ist sauber gekleidet, aber für den weiten Weg hat sie sich schlecht vorgesehen und wenig mitgenommen. Nichts hat sie bei sich als einen kleinen Handkorb, einen länglichen, binsengeflochtenen »Zögger«. Den läßt sie aber nicht von ihrer Seite, den hält sie hartnäckig verschlossen. Der mußte mit, als sie vor einer Weile zum Brunnen ging, ihren Durst zu stillen, und der tut sich auch jetzt nicht auf, nun sie's hungert. Sie zieht nämlich ihr trockenes Stückchen Brot aus dem Fürtuchsack hervor; der rätselhafte Zögger steuert nichts bei.

Und wieder dieses geduldige Sitzen und Harren! Es ist längst nicht mehr warm; die Sonne zieht sich hinter den Waldberg hinab, die Abendschatten erstrecken sich über das halbe Tal schon, Kühle weht, die Dämmerung nimmt überhand und über den Flußauen verdichtet sich die Feuchte zu einem Nebelschleier. Es muß sie frieren, die arme Fremde, und ist ihr Auge nicht schon stumpf vom unverwandten Spähen nach der Kirchenpforte?

Endlich wird's davor still und öde. Die letzten Wallfahrer sind abgezogen oder haben sich durchs Örtlein verteilt. Doch ja, ein altes Mütterchen trippelt noch aus. der Kirche; es ist um die Betläutenszeit. Es naht auch schon der Mesner mit dem großen Schlüssel. Und nun ist plötzlich Leben gekommen ins Mädchen, das wie versteinert dagesessen.

Mit einem Sprunge ist die Dirn am Portal und mit hastigen Worten fällt sie den Pförtner an: »Guter Mann, laßt mich noch hinein... nur für einen Augenblick ... ich bitt' gar schön!«

Aber der Graukopf antwortet mürrisch: »Hast du nicht den ganzen Tag über Zeit gehabt oder mußtest du unter dem Baume Maulaffen feil haben?«

»Habt Mitleid! Ich möchte mit der Gottesmutter gern allein sein, und wenn sie mich erhören will, ist's ja bald geschehen ...« Und sie drückt dem Abwehrenden ein längst bereitgehaltenes Silbergröschl in die Hand.

Der strenge Tempelhüter weist es nicht zurück, aber sicherlich rührt ihn mehr noch das wunderliche Wesen, das ängstliche Ungestüm des Mädchens: »Nun so geh zum Altar vor,« sagt er; »ich will derweil in allen Winkeln nachsehen, es schleicht sich oft auch verdächtiges Gesindel ein.«

»Nein, Herr Mesner, so nicht! Ihr müßt bei der Tür zurückbleiben, müßt mich ganz, ganz allein lassen; ich brauch' wirklich nicht lang'.«

»Närrische Dirn! Und was hast du denn in deinem Zögger? Du wirst mir doch nicht die Kirche anzünden?«

»Dann verbrenne ich mit, und es wär' just kein Schad' um mich.«

»Also mach bald! Ich kann mir's eh denken, was du auf dem Herzen hast.«

»Das nicht schon, Mesner! Aber so oder so, Ihr erfahrt's heut' noch.« »Na, na, mach dir's nicht zu schwer, armes Kind!« tröstet der Alte, betroffen von dem furchtbaren Ernst im Gesicht, das sich im blassen Dämmerschein ihm zugewandt.

»Magst nicht den Zögger bei mir zurücklassen?«

»Grad' der muß mit. Und jetzt in Gottes Namen!«

In der Kirche ist's schon finster. Aber das ewige Licht brennt und das ist ein guter Wegweiser; es geht ein glutiger, purpurner Schein von ihm aus, und manchmal ist's, als wink' und nick' etwas im Lichtlein.

Dahinter breitet sich's mild wie Mondschein und strahlenförmig aus. Das ist der Silberwolkenkranz, der die Madonna umgibt; man kann daher nicht im Zweifel sein, wo ihr Gnadensitz ist.

Auch auf dem Hochaltar liegt weißlicher Schimmer und in einem unterscheidbaren Grau kann man selbst die Stufen zählen. Wenn sich darauf dunklere und hellere runde Flecke bemerkbar machen, so sind das die Kniemale, die von unzähligen Pilgern herrühren; von der Andacht läßt sich sogar der Stein erweichen.

Die Seitenstatuen blicken und blinken nur da und dort vor; sie schauen anders drein als untertags; vielleicht, weil sie sich nun weniger zusammennehmen müssen, weil sie sich ein bißchen gehen lassen dürfen. Manch eine schielt aber doch überrascht oder etwas unwirsch auf das Dirnlein herab, das ihre Nachtruhe stört: Was will denn die noch, sind wir heute noch immer nicht genug in Anspruch genommen worden? Und was kann sie denn darzubringen, was im Zögger haben? Ein Paar honigduftende Wachskerzen wohl, einige Rosenkränze für ihre Lieben, ein Amulett oder ein »Breverl« – wir kennen das, und es ist ohnehin schon alles geweiht. Aber ja, jedes hält gerade seine Gabe für die richtigste und beste.

Wenn so die aufgestörten Statuen denken, so sind sie denn doch einigermaßen auf dem Holzweg; sie kennen das Dirnlein noch nicht oder ihre Wissenheit macht sich's bequem.

Das Mädchen ist mutig eingetreten; sie merkt nicht, daß ihre Schritte widerhallen. All ihr Wesen ist Eifer: rasch zu machen gilt's; nur wenige Augenblicke sind ihr zugestanden, und wie Schweres, wie Wichtiges und Entscheidendes drängt sich da zusammen!

Sie öffnet den Zögger und was Licht und Schimmer in der Kirche, scheint sich mit einem Male zu verfalben.

Sie hebt ihre Gabe heraus und legt sie auf den Altar. Auf Leinen gebettet ist dieselbe, und ein seidenes Tüchlein bedeckt sie noch. Leicht wie Spinneweben ist dieses, und zitternde Finger entfernen es – die Muttergottes muß alles sehen.

Es ist, als hielte die ganze Kirche den Weihrauchduft ein; es ist, als zöge ein Schauder durch den heiligen Raum: ein regungsloses Kind liegt auf dem Altar, der Madonna zu Füßen, eine arme, winzige verlorene Kreatur!

Auf den kalten Steinen aber wimmert die Pilgerin, und ein schreckliches Gebet entringt sich ihrer jungen gequälten Brust: »Heilige Maria, Muttergottes, den ganzen Tag und auf dem ganzen

Weg her hab' ich an dich nur gedacht, auf dich mein Vertrauen gesetzt; mehr beten kann ich nimmer. Weck mir's auf, mein armes Kind; es schläft so furchtbar lang' und nimmt von meiner Brust keine Wärme an. Weck mir's auf; es ist ja ein Bub', und du wirst weniger Kreuz mit ihm haben. Weck mir's auf – dir ist's ein Leichtes; und laß mich wieder sein liebes Schreien hören! Wenn's aber nicht kann sein, muß ich glauben, daß ich's umgebracht habe, daß ich schlecht bin und du mich verworfen hast – und dann ist mir eh schon alles eins.« Heißere, trotzigere Tränen waren wohl nie noch auf den Stein gefallen. Als erachte sie sich unwürdig, mit ihren sündhaften Augen zu sehen, wie sich an ihrem Kinde das gehoffte Wunder vollziehe, hat sie, die heillose Mutter, ja gar nicht aufgeblickt, im Staub liegend, gebrochen an Körper und Geist, wie sie ist.

Jetzt aber springt sie auf; sie will sehen und horchen – wenn der Kleine jetzt noch nicht wach ist, sich nicht rührt und nicht schmerzhaft sein Mündlein bewegt, ist alles weitere Hoffen umsonst. Sie beugt sich über das Kind und ihr Blick – erstarrt: erkennt sie erst jetzt, daß dasselbe tot, entstellt, für das Grab schon gezeichnet ist?

Ein Ruf schmerzlichster Enttäuschung, ein unsäglicher Wehschrei entfuhr ihr und wie leblos fiel sie auf die Altarstaffel zurück.

Aber nein, keine unnütze Schwäche, und es wird auch noch Ärgeres zu überstehen sein. Schon stapft der Mesner heran ... er soll über keine üble Wirtschaft zu greinen haben: daher rasch wieder eingepackt und mit dem Bettlein, mit dem hilflosen Kind und mit dem bergenden Tüchlein in den Zögger zurück! Der Kleine braucht nicht mehr so weich zu liegen, und um das ist noch grausiger das Tun der Enttäuschten.

»Du hast mich völlig erschreckt, Dirn!« sagte der Pförtner herbeikommend. »Ist dir was zugestoßen?«

»Es ist weiter nichts; die Muttergottes kann nicht einen jeden erhören.«

»Und du hast deinen Zögger schon wieder eingeräumt? Muß was Schönes drinnen sein!«

»Ihr seid wohl neugierig, Mann? Hier haben wir Licht... so schaut her, wenn euch nicht graust.«

Und beim rötlichen Schimmer des Altarlämpchens tat er einen Blick in den ihm offen dargereichten Handkorb und unter das seidene Tüchlein... selbst das verklärende Licht konnte über die kleine Leiche keinen Lebenshauch mehr verbreiten.

»Ums Himmels willen, was ist denn das?« rief der Kirchendiener entsetzt aus. »Mit einem toten Kind kommst du zu der Muttergottes? Das heißt Gott versuchen, und für so verrückt hätt' ich dich doch nicht gehalten. In einem solchen Falle soll man Gott danken, daß er das Kleine wieder zu sich genommen; gut aufgehoben ist's so.«

»Wie Ihr's halt versteht, Mesner!«

»Solcher Kinder laufen doch genug herum auf der weiten Welt und ein leichtes Fortkommen hat noch selten eins gefunden. Oder tu' ich dir vielleicht unrecht, wenn ich dich für eine ledige Dirn ansehe?«

»Was ich bin, leugne ich nicht. Die Mannsbilder sind nicht immer so, wie sie sein sollten.«

»Jetzt schau, daß du weiter kommst; zusperren, betläuten muß ich, und die Kirchen ist just keine Spinnstube.«

»Ich tat' schon warten, bis Ihr fertig seid, wenn Ihr mich zum Herrn Pfarrer führen möchtet.«

»Zum Pfarrer willst?«

»Fürs arme Würmchen da möcht' ich ein kleines Fleckchen in der geweihten Erde. Ich kann schon zahlen, wenn's nicht gar zu viel kostet.«

»Ja, der Pfarrer muß wohl verständigt werden, und du kannst mit dem toten Kinde nicht länger herumziehen, das ist richtig. Ein Kindertrüherl wäre bald beisammen und morgen in aller Früh' ... ja, wart' vor der Kirchentüre und bet' den englischen Gruß, auf daß alles gut ausgehe.«

In den gleichmäßigen Schlägen der Glocke klang nichts von dem Weh und der Unruhe, welche im Herzen der Mutter mit dem toten Kinde Einkehr gehalten. Wallfahrtskirchen haben gewöhnlich ein schönes Geläute, Dasselbe kündet Frieden und Freude, trügt aber oft auch!

Neben einer großen Gnadenkirche steht meist auch ein geräumiger Pfarrhof, der den Sommer über von mehr Priestern als im einsamen Winter besiedelt ist. Sprachenkundig sollen sie sein, diese Hilfsgeistlichen, um den bunten Pilgerscharen in verschiedenen Zungen, jedem in der seinen, den ersehnten Trost spenden zu können. Der ständige Vorstand dieser stets wechselnden Priesterschaft soll mannigfache und nicht ganz gewöhnliche Eigenschaften in sich vereinigen. Ein gesetztes Alter, Erfahrung und Wohlwollen werden bei ihm, wie billig, vorausgesetzt; außerdem soll er mit den Behörden umzugehen wissen, dem weitläufigen Schreibgeschäft vorstehen können, denn er ist von Staats wegen Beamter, und überhaupt mit der Hirtenklugheit keine geringe Weltkenntnis verbinden. Ist er überdies selbst ein Leidender, so versteht er desto besser die Mühseligen und Geladenen; hat er ein Gebrechen, so fühlt er mit den Gebrechlichen; und da er gewöhnlich reich bepfründet ist, fällt ihm das Wohltun leicht.

Pfarrer Ferdinand Perchtold entspricht diesen Anforderungen nicht übel. Er hat Ansehen und Einfluß; er ist zugänglich und freundlich; er ist durch die billige Verteilung der eingelaufenen Meßstipendien ein Segen für die armen Kapläne in der Nachbarschaft und im weiteren Umkreise.

Seine geistlichen Pflichten tut er gern kurz ab – begreiflich; denn er ist seines Wohlbefindens nicht lange sicher. Und ein bißchen leutscheu ist er auch, weil ihn die Gicht und die Atemnot plagt, weil ihm jede ernstere Aufregung schadet. Seine Augen blicken gut und verständig; in der Jugend mögen sie für schön und gefährlich gegolten haben.» Wenn ihn der Schmerz nicht verzerrt, ist wohlgebildet sein Mund und beredt. Seine Haare sind gleichmäßig ergraut; er trägt sie kurz. Gestalt und Gang sind etwas unbehilflich geworden – ach, baufällig wird das Haus, in welches die Krankheit ihren Einzug gehalten.

Pfarrer Perchtold hatte für die Lavanttalerin, die soeben eintrat, einen mißtrauischen Blick: eine natürliche Schutzwaffe das; denn der Unwürdigen nahen immer mehr als der Würdigen. Aber sein Auge milderte sich sofort, als die rührende Erscheinung vor ihm hielt. So sieht keine Landstreicherin, so keine verlorene Dirn aus.

»Du willst dein Kind einsegnen lassen? Laß sehen.«

Unwillkürlich griff der geistliche Herr nach der großen Dose nebenan auf dem Schreibtisch, und eine Handbewegung bedeutete der unglücklichen Mutter, ihr Kind wieder zu bedecken.

»Das wirst du freilich erst wieder lebendig sehen am Tage, der unser aller Auferstehung ist. Ist es denn getauft?«

»Wohl, wohl, das Kreuz hab' ich darüber gemacht, wie's den ersten Schrei ausgestoßen hat.«

Der Priester schüttelte das Haupt.

»Und geweint hab' ich über das arme Ding; das ist freilich nur sündhaftes Wasser gewesen. Dann hab' ich aber selber die längste Zeit nichts gewußt von mir.«

»Du hast also keinen rechten Beistand gehabt?«

»Mitten in der Nacht, im Keller drunten ... ich hätt' noch Bier zu holen gehabt ...am Sonntag ist's gewesen, und viel zu tun hat's gegeben für die Kellnerin... da ist's plötzlich über mich gekommen.«
»Arme Haut, du hast heut' zu viel schon durchgemacht, scheint's! Ich will auch nicht fragen, wie du deine Ehre verloren. Aber hast du denn gar nichts vorkehren können fürs kleine, frierende Wesen?«

»In meinen Unterrock hab' ich's eingewickelt gehabt ... ich hab' ihn eh noch da in meinem Zögger, und mein Halstüchl, das da, hab' ich darüber gebreitet, daß es nicht so schreien und das Haus aufwecken möcht', und des vielen Wein- und Bierdunstes wegen.«

»Und darunter ist es erstickt,« sagte der Pfarrer ernst und bestimmt.

»Ich habe geglaubt, es schläft, wie ich wieder zu mir gekommen bin. Und wie ist's denn, Hochwürden, wenn so verhüllt die Taufkinder weither in die Kirche getragen werden?«

»Du wirst Anstände haben, Anstände bei Gericht...«

»Es war' mir eh das Liebste, wenn ich nicht mehr zu leben hätt'!«

»Meinst du, unsereiner sähe nicht auch schon gern seiner Auflösung entgegen? Es gehört ein starker Glauben dazu, körperliche Qualen auszustehen und auszuharren, und mehr noch, wenn auch die Seele wund ist ...« Das hatte der Pfarrer mehr für sich hingesprochen.

Sodann fragte er streng: »Drauf hast du die Wallfahrt angetreten, um den Verdacht abzulenken?«

»Aber Herr Pfarrer ...!« rief die Unglückliche mit einem herzdurchbohrenden Schrei aus; sie mußte sich an der Tischkante festhalten, um nicht umzusinken.

Der Geistliche blickte gespannt in ihr zuckendes Gesicht, in ihre Tränen und schwieg. Die Fremde erging sich aber in keine weitläufigeren Aufklärungen, sondern fuhr ergebungsstumpf fort: »Auch das will ich über mich ergehen lassen, und die Welt soll glauben, was sie will; die Muttergottes von Buch weiß es besser ... Und darf ich für mein Kleines um ein ruhiges Platzl bitten?«

Der Pfarrer tat, als hätte er gerade das Wichtigste überhört; einen früheren Faden aufgreifend fragte er: »Du bist eine Lavanttalerin?«

»Ja, die Frau Groggerin in St. Gertraud hat sich von Kind auf meiner angenommen; die letzte Zeit bin ich ihre Kellnerin gewesen.«

»Dein Name?«

»Marie Klöckl.«

»Heißt so der Vater oder die Mutter so?«

»Den Vater hab' ich niemals kennen gelernt und die Mutter ist gestorben; ich hab' ihr längst schon Abbitte geleistet im Geist!«

»Wieso?«

»Daß sie mich ohne ehrlichen Namen in die Welt gesetzt, hat mich lang' gekränkt; jetzt bin ich selber schlechter, als sie gewesen ist.«

Auch auf das ging der Priester nicht genauer ein, sondern seine nächste Frage lautete: »Und du willst uns glauben machen, daß du dich gleich nach deiner schweren Stunde hieher auf den Weg gemacht, und daß dir das nicht zu hart angekommen?«

»In St. Gertraud bin ich am Montag früh fort. Ein paarmal bin ich unterwegs liegen geblieben. In Obdachegg hat mich eine Bäuerin gelabt ... die weiß, wie mir gewesen ist.«

Eine Weile überließ sich der hochwürdige Herr dem Nachdenken; sein Gesicht ward wieder milder.

»Ich kann dein armes Würmlein nicht ohne weiteres einsegnen; es muß zuvor ein Totenbeschauzettel ausgestellt werden. Du mußt zum Bezirksarzt nach Judenburg, mit deinem ganzen Zögger da, und zwar heute noch ... Doch wart', ich gebe dir ein Briefchen mit und meine Kuhdirn kann dich begleiten. Verzag nicht ganz; vielleicht geht's besser aus, als es den Anschein hat.«

Die Vernommene schwankte mühsam hinaus und der Gestrenge blickte ihr mit feuchten Augen nach.

Dann erhob sich der Pfarrherr selbst und begab sich in die Küche: »Gebt der Fremden ein warmes Süpplein, aber bald! Auch ein Glas Wein wird ihr gut tun. Und die Kuhdirn soll nach Judenburg mit ihr zum Doktor Schlag, und gut acht haben auf sie. Glücklicherweise ist der Weg kurz, und es gibt Mondschein durch den Wald.«

So anstrengend der Tag für ihn gewesen, der Pfarrer wartete gleichwohl die Rückkehr der Magd ab, ehe er sich zur Ruhe begab, die sich leider zu oft nur schöner anließ, als sie vorhielt.

Nach fünf Viertelstunden etwa kam die Kuhdirn, und sie hätte sich auf dem Rückweg sehr beeilt, sagte sie. Mit der Fremden sei kein rechtes Weiterkommen gewesen. Schon einen Büchsenschuß weit vom Haus sei sie schwach geworden und bald habe sie mehr getragen als geführt werden müssen. Ihre Hände hätten eine Hitze gehabt, nicht zu sagen, und völlig wirr geredet hätte sie. Aber alles habe sie ruhig mit sich geschehen lassen, auch daß sie ihr den Zögger abgenommen, und daß derselbe einen abscheulichen »Gruchn« gehabt hätte, müsse sie sagen. Sie selber, die Karntnerin, sei wohl ein armes »Hascherl«, und lieb sein müsse sie, und gezittert hätte kein Espenlaub mehr wie sie. Wie sie zum Doktor gekommen, hätte der die Kranke kaum anzuschauen gebraucht und gesagt hätte er gleich: »Frau Mutter, wir kriegen einen Gast, und nur gleich ins Bett mit ihm, 's ist höchste Zeit!« Das läßt sich die alte Frau nicht zweimal sagen; sie nimmt die Fremde unterm Arm, und ich hätte ihr den Zögger geben sollen, meint sie. Aber der Doktor hat eine gute Nasen; er schaut so ins Körbl hinein und sagt: Mutter – er duzt die Frau Mutter – Mutter, sagt er, das ist nichts für dich; das nehm' ich in mein Zimmer, das geht den Bezirksarzt an. Zu mir aber sagt er –

ich hab' nicht erst zu sagen gebraucht, wer mich schickt – dem Herrn Pfarrer lass' ich mich bestens empfehlen, und schönen Dank für sein Briefel; ich werd' es lesen, sobald ich allein bin; zuvor muß ich aber noch zu der Kranken. Und so läßt er mich stehen, und fort ist er, als hätt' er ein Feuer zu löschen gehabt. Muß wohl schlecht stehn mit derselben, die ich hingebracht hab'.«

Und die Magd ist sich bewußt, einen umständlichen Bericht erstattet zu haben. Ihr Herr ist auch gar nicht unzufrieden damit. »Jetzt geh schlafen, Julie,« sagte er; »es wird dir nicht schaden, eine kleine Bewegung gemacht zu haben.«

Und wie er wieder allein ist, überlegt der Hochwürdige noch das eben Vernommene. Daß er sich der Verlassenen annimmt, noch eh' er meine Zeilen gelesen, ist brav! Mit solchen – Heiden ist leicht auszukommen, murmelt er für sich hin, und er meint den Doktor damit. Und weiter: Es ist ein eigenes Kind, diese Fremde; es wär' ein prächtiges Geschöpf, so ohne Falsch, wie mir deucht ... wer sich an ihr versündigen konnte, ist von denjenigen, die Ärgernis geben und denen der Herr den Mühlstein an den Hals und die Tiefe des Meeres zugedacht hat. Nun, vorläufig weiß ich sie gut aufgehoben ...

Der Brief des Pfarrers aber lautet: »Lieber Herr Doktor! Ich schicke Ihnen ein Mädchen aus dem hinteren Lavanttale ins Haus und empfehle dasselbe nicht minder Ihrem Mitgefühle als Ihrer amtlichen Aufmerksamkeit. Die Arme hat sozusagen unmittelbar nach ihrer schweren Stunde mit ihrem toten Kinde den weiten Weg hierher zurückgelegt, in guter Absicht, in überschwenglichem Vertrauen, wie ich glaube. Ich habe sie scharf ins Verhör genommen und halte sie für mehr unglücklich als schlecht. Daß sie sich in keiner guten Haut befindet, werden Sie sofort selbst erkennen, besser als ich. So günstig man auch den Fall deute, das Gericht wird kaum zu umgehen sein. Das corpus delicti befindet sich in ihrem Handkorbe. Mit bestem Gruße an Ihre Frau Mutter – Ihr Verehrer Pfarrer Perchtold.«

Doktor Schlag hauste mit seiner Mutter, einer Beamtenswitwe, welche die kargen Tage mit Würde überstanden hatte und nun der besseren sich ohne Überhebung freute; sie war tätig, ordnete mit Geschmack, und wenn das Frauenleben der kleinen Kreisstadt schon merklich feinere Formen annahm, so ging dies hauptsächlich auf ihre Anregung, ihr Beispiel zurück. Ein zierliches Frauchen, schien sie mehr gealtert als verblüht; gesundes Braun hält lange vor. Ihr Sohn, das einzige Kind, war ihre Sorge, ihre Freude, ihr Stolz. Derselbe, schlank, hochgewachsen, gelenk, war amtlichen und wissenschaftlichen Eifers voll. Seit anderthalb Jahren zum Bezirksarzt ernannt, stand er mit seinen höheren Kollegen vom Kreisamte im besten Einvernehmen. Er brauchte nicht Kunden anzulocken; sein fachlicher Ernst, sein einnehmendes Wesen und sein richtig zugreifendes Wohlwollen bewirkten ein wachsendes Zutrauen. Er hatte verschmäht, sich mehr nach einer Geldheirat als nach Praxis umzusehen, und seine Mutter fern und einsam zu wissen, hätte er nicht ertragen. Das Muttersöhnchen stellte gleichwohl seinen Mann.

Nun hatte er längst trotz der vorgerückten Nachtstunde den Inhalt des Zöggers gemustert und die kleine Kindesleiche untersucht. Auch den wissenschaftlichen Befund hat er schon zu Papier gebracht. Und mehr als einmal hat er bereits wieder beobachtend und lindernd am Krankenbette geweilt. Jetzt vertieft er sich nochmals in die Zeilen seines geistlichen Freundes, an seinem dichten, dunklen Schnurrbärtchen kauend oder wohl gar mit den schönen Zähnen nach der Mouche der Unterlippe langend, wie's seine Art ist, wenn er nachsinnt und zu einer Diagnose, zu einem Gutachten sich zusammennimmt.

Ihm, dem Pfarrer, hat sie wohl mehr gebeichtet, meint er, als sein Brieflein erraten läßt. Ich will morgen zu ihm. Anzeichen eines jähen Eingriffs ins junge Leben, einer äußeren Gewalttätigkeit sind nicht vorhanden. Das Kind ist erstickt ... kann sich nicht einfach die schützende Decke verschoben und das Mündlein verlegt haben? Sie unternimmt mit Lebensgefahr eine Wallfahrt, kommt mit überschwenglichem Vertrauen und sollte mit bösem Willen gegen ihr Kind gewütet haben? Hatte sie unterwegs nicht reichlich Gelegenheit, es tot oder lebendig auszusetzen? Wir wollen sehen. Sie übersteht's, eine gesunde, eine schöne Natur. Vorläufig bleibt sie bei mir ... vielleicht schlichtet sich die Sache, eh' die Ärmste noch völlig zum Bewußtsein kommt, und bleibt ihr die Schande erspart.

Mit derlei Betrachtungen und Vorhaben begibt sich der Doktor zur Ruhe. Sie stimmen merkwürdig überein mit den letzten Gedanken des befreundeten Geistlichen, und so sind an diesem Frauentage zwei Männer mit schönem Gewissen, ohne dessen vielleicht selber inne zu werden, schlafen gegangen.

Drittes Kapitel

Beim Doktor und in der Dreikönigskeusche

Um die Wallfahrt der Kärntnerin mit dem toten Kinde spann sich selbstverständlich bald ein Gerede. Das Gerücht bemächtigte sich derselben und dieses ist von Haus aus leichtfertig oder gehässig; es übertreibt, entstellt und verdächtigt. Eine Kindesmörderin hat man eingebracht, hieß es, eine Fremde aus dem Lavanttal. Ihr Kind hat schon »ein' G'ruchen g'habt« und doch hat sie noch immer so getan, als müßt' es in Maria-Buch die Augen aufschlagen, zappeln und nach der Mutterbrust verlangen, eine abgedrehte Dirn, eine scheinheilige, die sie sein muß. Und eigens die Kirche hat sie sich aufsperren lassen, und allein hat sie drinnen sein wollen, und was sie da gemächelt und gedächtelt, nicht einmal der Mesner hat's sehen dürfen. Den hat sie ja bestochen gehabt, und ihr Liebhaber muß wohl danach sein, daß sie das tun kann. Ist sie denn so hübsch? Wie man nur so fragen kann: ist doch auch der Doktor, der ledige, ganz vernarrt in sie. In seinem Haus hat er sie und er läßt sie noch immer nicht fort ... Das Nervenfieber hätte sie, sagt er, und vielleicht hat sie ihn selber schon damit angesteckt; wer sollte denn auch nicht schnappen, wenn ihm die gebratenen Tauben in den Mund fliegen? Nicht wahr ist's, daß sie der Bucher Pfarrer selber eingeliefert, und wenn schon, so hat er die rechte Adresse verfehlt; denn in den Kotter, zum Kriminalaktuar gehört sie, und der hat Haare auf den Zähnen, der läßt sich nicht um den Daumen drehen, ganz im Gegenteil, der wird ihr schon die Daumschrauben anzulegen wissen. Mit dem guten Herrn Pfarrer hat sie's freilich leicht gehabt; dem hat sie nur so was wie eine Kirchenbuß' vorzumachen gebraucht! Und sollte nicht nachher der Doktor dem Pfarrer auf den Leim gegangen sein? Ein Freigeist sein will er und spielt mit ihm unter einer Decke! Und ein hochmütiges Ding übereinand' ist sie, die Landstreicherin; wie sie nur dort gesessen ist vor der Kirchentür und die längste Zeit sich über die armen Wallfahrer lustig gemacht hat! Und mit der Schönheit soll's just auch nicht so weit her sein; wie eine Wetterhex' hätt' sie ausgeschaut, sagt man. Die »Guster« sind halt verschieden; aber daß sie zuletzt auf dem Schub in ihr Landl zurück muß, das ist gewiß ... wir haben Scherereien genug mit unseren eigenen Leuten.

Auf den Schub? Lächerlich; mit einer Kindesmörderin macht man einen kürzeren Prozeß ...

Das klang nicht liebevoll, das war ungereimtes Zeug; aber an beides kehrt sich das müßige Geschwätz nicht. Und einen Stamm, einen greifbaren Halt hatte das wuchernde Geranke immerhin. Ja, so willkürlich die Vermutungen umsprangen, in einem Stücke trafen sie sogar das Richtige.

Der Aktuar ist wirklich ein heikeliger Herr. Er ist ein reizbares Männchen durch und durch; auf seinem bartlosen, schmalen, zitterigen Gesicht ist das Rot des Eifers und der Erregtheit fast die beständige Farbe. Er ist tüchtig und nicht ohne Scharfsinn; aber es fehlt ihm die Gelassenheit; und so verbohrt sich sein Witz nicht selten. Sein galliges Wesen schlägt überall vor, und wer ihn willkommen geheißen, möcht' ihn im nächsten Augenblicke schon wieder gehen sehen, ja ihm wohl gar dazu behilflich sein. Die Amtsgenossen finden ihn schwierig und unausstehlich, aber seine zufahrende Weise erfreut sich doch auch manchen Anklanges; er ist das, was sich das Volk unter einem strengen Richter vorstellt. Für ihn steht es fest, daß die Kärntnerin, obwohl sie noch nicht vernommen werden konnte, also noch nicht unter seine Klauen geraten war, eine Kindesmörderin, eine Simulantin sei, welche in Maria-Buch eine ausgesuchte Komödie aufgeführt habe. In dieser Auffassung fühlt er sich dem Pfaffen und dem Pflasterschmierer gegenüber nicht wenig überlegen, er, der sichere Paragraphenmann. Es begreift sich sonach auch, daß die Anspielung auf die Kirchenbuße und auf die schone Natur von seinem Stammsitz unter den Tisch gefallen.

Einer, der in Judenburg eine Art Standquartier hatte, erschrak nicht wenig, als von der Kärntnerin und ihrem toten Kind die Rede ging. Es ist dies der lange Veit, der Fuhrmann. Daß die herzlosen Anschuldigungen und Verwünschungen seinen Schützling, die Gertrauder Marie betrafen, mußte er bald erkennen, und es wollte ihm schier das Herz abdrücken. Er hätte laut ausrufen mögen: So ist die Geschichte nicht, so kann sie nicht sein, und für die Lavanttaler Dirn leg' ich meine Hand ins Feuer! Aber was half's? Sein schwerfälliger Bedacht, sein engbegrenzter Fuhrmannswitz konnte gegen den leidenschaftlichen Sturm nicht aufkommen. Und wo sollte er's anbringen können, was er von der Armen weiß und von ihr hält? Der Fuhrmann gehört auf die Straße und nicht vor studierte Herren. Und faßt er's denn selber, kann er sich's erklären, wie das brave Mädchen zu einem Kinde und das Kind ums Leben gekommen? Nein, nein! Ein großes Unglück hat's abgesetzt; sie kann nicht schlecht geworden sein, die Marie nicht, sagt er sich; aber es ist ihm doch leid um sie, als wie wenn ein schönes Haus abgebrannt, als wie wenn ihm alle Rösser umgestanden wären. Ich soll mich weiter um die Dirn umschauen, soll der Frau Groggerin Post sagen lassen ... o du mein Gott! Die gute Seel' in St. Gertraud erfährt's noch früh genug. Vielleicht hat er ein Einsehen, der Himmel, und ruft die verlassene Mutter zu ihrem Kinde ab; es wär' vielleicht eh das Bessere ...

So denkt der lange Veit und fährt recht tief ins Unterland.

Marie war schwer erkrankt. Nach Wochen stellte sich erst die Wendung zum Besseren ein. Da klärte sich der Geist, aber die Schwäche war noch sehr groß; und wie sie von Kräften gekommen war, so wechselte auch ihr ganzes Aussehen. Eine Weile schien sie sehr gealtert, dann aber begann sich eine neue, bleichere und feinere Jugend zu entwickeln. Der Doktor hatte eine Freude an diesem erneuten Leben und seine Mutter nahm sich des unglücklichen Gastes mit der lautersten Menschenfreundlichkeit an. Sie wollte Einblick gewinnen in das verstörte Gemüt und dasselbe wieder aufrichten; mit mütterlicher Zärtlichkeit und Sorgfalt suchte sie dem verlassenen fremden Kinde beizukommen, und das grause Schicksalsrätsel desselben sollte sich ihrem berechtigten und schonenden Mitgefühl gegenüber auftun.

Aber gerade an ihrem Zartsinn lag's, daß sie von der Armen weniger begriffen wurde. Diese Behandlungsweise ging von einem zu hohen Gesichtspunkte aus; sie verblüffte und verwirrte das Naturkind. Hätte die Frau Schlag vornehm getan: Gnade von oben verstand das einfache Geschöpf; es würde gedankt und sich gedemütigt haben. Doch ungemessene Güte als etwas Natürliches und Selbstverständliches hinzunehmen, war die Gertrauder Marie, die an der Frau Grogger doch auch, eine *Herrin* gehabt hatte, so wenig gewohnt, daß sich dagegen eine Art Mißtrauen regte, ein letzter Rest von Stolz sich auflehnte. Sie will nicht so gehalten sein, sie hat's nicht verdient, sie will lieber gleich in die Strafe kommen als länger eine Prinzessin abgeben müssen! Oder sie denkt sich: vielleicht werden die armen Seelen auch in ein gutes kaltes Wasser getan, ehe sie ins höllische Feuer müssen. So scheu und unerkenntlich gebärdet sich ein Vogel, der nicht für die Freiheit innerhalb der vier Wände, für den Käfig bestimmt ist; so wird dem, der in der scharfen Gebirgsluft aufgewachsen ist, schwül in der wohnlicheren Ebene; so wird den Bauern unheimlich zumute, wenn sich die Herrenleute mit ihnen gemein machen.

Eine der ersten Äußerungen der Wiedererwachenden war: »Wo bin ich denn? und wer zahlt denn für mich? Gewiß die Frau Groggerin ... es sieht ihr völlig gleich.«

Es kostete viele Mühe, ihr begreiflich zu machen, daß niemand für sie zu zahlen brauche, daß man nichts von ihr verlange, daß sie sich gut geschehen lassen müsse, um gesund zu werden, und daß sie in ein gutes Haus und zu Leuten gelangt sei, denen es eine Freude bereite, ihr wieder zu Kräften zu verhelfen.

Ach, hättet ihr mich lieber sterben lassen, es wäre so leicht gewesen und ich hätt' gar nichts gewußt davon; so aber geht die Geschicht' von neuem an und ich soll Honig schlecken, eh' man mir die bittere Galle eingibt ... ! dachte auf diese Auseinandersetzung hin die Arme; aber auszusprechen getraute sie sich's nicht, aus Furcht, damit ihre Wohltäter zu kränken. Sie schaute nur verwundert drein, als täte sich ihr eine neue unverständliche Welt auf.

Sie wollte, sobald es anging, aufräumen helfen; sie wollte sich in der Küche zu schaffen machen, aber auch das wurde nicht zugelassen; sie müsse sich noch schonen, hieß es, und sie lächelte bitter. Ich soll mich schonen für die Strafhausarbeit, für den Galgen wohl gar, das ist ja rein die verkehrte Welt! Aber sie meinen es gut mit mir, ja so viel gut. Woher sollt' ich wissen, daß es auch solche Menschen gibt? Und wenn ich auch vor ihnen niederfallen und ihnen die Händ' und die Füß' küssen möcht' wie den Heiligen in der Kirche: es wär' doch kein rechtes Vergeltsgott, und sie verstehen mich nicht.

Und noch eins machte die unglückliche Marie befangen. Sie bemerkte, wie zärtlich der Sohn mit seiner Mutter umging, und wie dieser das Herz lachte, das Auge leuchtete, wenn sie seiner, des Vielbeschäftigten, ansichtig wurde, wenn sie auch nur seinen Schritt hörte. So also, dachte sie sich, sind die Leute, die einen ehrlichen Namen haben; so gut und freundlich sind sie gegeneinander; ein solcher Frieden ist im Haus und solches Ansehen genießen sie; nichts zu verbergen haben sie, und kein Mensch kann ihnen was Unrechtes nachsagen.

Bittere Tränen entpreßte ihr die Scham; sie hätte sich verkriechen, vergraben mögen, und ein Gefühl bemächtigte sich ihrer, das sie bisher noch nicht gekannt hatte, für das sie keinen Namen wußte. Es ist dies der Neid der schuldlos Geächteten.

Nein, nein, da herein gehör' ich nicht, sagte sie sich. Das ist ein schöner Garten, und die Distel wächst auf dem staubigen Rain. Aus sein müßt' es mit ihrer Lieb', wenn sie wüßten, woher ich bin; so ein Schandfleck paßt nicht in ein reinliches Haus. Und ein schlechter Dank wär's, wenn ich mich aufknöpfen ließ'. Wenn ich einmal draußen bin, können sie alles erfahren, und ach, es macht mich ja auch nicht schöner, daß noch so viele andere nicht besser dran sind.

So kam's, daß die Frau Schlag mit ihrem Schützling nicht ganz zufrieden war; sie klagte das auch ihrem Sohne: »Ich gebe dir recht, die Marie ist ein seltenes Mädchen, und ihr Schicksal muß jeden dauern, der ein fühlendes Herz hat. Aber braucht sie so verschlossen zu sein, wo ihr Teilnahme entgegenkommt? Ich meinte, es müßte ihr eine Erleichterung schaffen, sich einer Frau, einer Mutter gegenüber aussprechen zu können. Aber so oft und so schonend ich auch auf ihre dunkle Vergangenheit anspielen mag, sie weicht mir aus, wird unruhig, und quälen will ich sie denn doch nicht. Wenn sie sich in ein vorteilhafteres Licht stellen wollte, wäre mir dies noch erklärlich; aber sie klagt sich im Gegenteil maßlos an, möchte lieber heute als morgen die Strafe antreten, hat ein grausames Verlangen danach und bekennt doch nicht, auch dem wohlwollendsten Andringen gegenüber nicht, wessen sie sich eigentlich schuldig fühlt. Es kann ja nicht so schlimm stehen um sie, oder ich müßte mich sehr täuschen. Sie ist erkenntlich, sie möchte am liebsten bei Heller und Pfennig abverdienen, was wir für sie tun konnten, und in der Art, wie sie mir ihren Dank bezeigen zu müssen glaubt, ist oft ein Ungestüm, das mich verlegen macht. Es wäre mir lieber, wenn sie mir ihr Herz erschließen wollte. Ich muß fürchten, daß ihr meine

Weise eher weh tut und ihr krankhaftes Gemüt mehr verschüchtert als aufrichtet.«

»Aber liebes Mütterchen,« antwortete der Doktor lächelnd, »wo nähmest du auch die *Autorität* her, ein so sprödes Gemüt zu beugen? Deine Art ist Milde, Sanftmut, zagende Rücksicht – verzeih, wenn ich mich nicht schicklicher auszudrücken weiß, – und dieses fremde Mädchen ist ein Gewächs, das sich nur schmeidigt, wenn man es derb anzufassen vermag. Es ist viel ursprüngliche Leidenschaft in der Gertrauderin und da und dort kommt sie auch zum Vorschein, so in dem überschwenglichen Vertrauen, von dem der Pfarrer geschrieben hat, so in den Selbstanklagen und Dankesäußerungen; aber glaube mir, das Lauterste, Goldigste oder Glutigste drängt sie gewaltsam zurück. Es ist unsere zahme Weise, was sie verschüchtert. Vom leidigen Bildungsmenschen zur einfachen Natur zurück schlägt sich nicht leicht eine Brücke. Schon die überstandene Krankheit hat überdies eine seelische Unsicherheit zur Folge; die schreckliche Vergangenheit erscheint der Armen wie ein schwerer Traum, in welchen sie sich noch nicht recht zu finden weiß, und ihr ungewisses Schicksal vor Gericht wirft über ihr Wesen einen verdüsternden Schatten voraus. Also schone ihr zages, aber im geheimen aufkochendes Gemüt. Daß wir ihr wohlwollen, wird sie hinterher um so klarer erkennen; sie ist an Kopf und Herz ein ungewöhnliches Geschöpf, und es tut ihr sicherlich gut, zeitweise aus dem Bannkreise der Verstoßenen herausgekommen zu sein.«

»Du machst sie ja zu einem förmlichen Ausbund merkwürdiger Eigenschaften.«

»Mißtrau mir nicht, Mütterchen! Wer einmal auf halber Leiter ist, steigt besser aufwärts als wieder zurück.«

Und Mutter und Sohn wußten sich eins in Liebe und Leben.

Um diese Zeit kam der lange Veit als Weinführer aus dem Unterland zurück, und sobald er hörte, daß die arme Marie wiederhergestellt sei und nächster Tage schon vors Gericht müsse, gab's ihm einen Stich im Herzen. Er hatte der guten Groggerin in St. Gertraud noch immer nicht Post sagen lassen. Was mußte sie von ihm denken und wie sich abhärmen um das Schicksal der Verschollenen, welche von ihr wie eine Tochter gehalten worden! Also jetzt schnell ins Lavanttal, und sollt' es mit halber Fracht geschehen!

Den anderen Morgen zog er auch schon die wohlbekannte Sattelstraße aufwärts. Es ist ihm nicht leicht ums Herz und so mag's wohl kommen, daß sein Peitschenknall weniger lustig und laut erschallt. Und daß er seinen Schmiß schont, merkt er vielleicht selber nicht.

Dafür erstaunt er um so mehr, die muntere Dreikönig-Resi nicht schon vor der Türe zu sehen. Und auch das grüne Samtkäppchen des Alten kommt nicht zum Vorschein.

Sein Gespann findet von selbst zum Trog, und der lange Veit betritt die Zechstube.

Fahren da zwei glührote Gesichter auseinander, als hätte eins am andern ein Gespenst erblickt! Dieses steht aber nicht zwischen, sondern neben ihnen. Ei ja, für verwirrte Augen mag der Hagere im langen Kittel immerhin etwas Spukhaftes haben.

Und er lächelte so boshaft, der Unheimliche, als wollt' er sagen: »Mir scheint, da hab' ich eine Brandstiftung vereitelt und wenn's gezündet hätt', hätt' doch ich nicht zu löschen gebraucht.«

Denn er hat genug gesehen; ein artiger Störenfried aber entschuldigt sich. »Wie,« fragt er, »sollt' ich mich nicht gehörig angemeldet haben? Daß ich ungelegen komm' ... ich mach' es nicht ungeschehen, wenn ich auch gleich wieder verschwinde. Und laßt euch nicht stören, kann ich doch auch nicht sagen.«

Auf einmal sieht er näher zu und mit seinem Spaß ist's aus. Aus einem ganz anderen Ton fragt er: »Ist das nicht der Kohlschreiber von St. Gertraud, und Huber heißt er? Daß du dir, Resi, hie und da eine kleine Schadloshaltung vergönnst: ich kann dir's nicht verübeln, und du weißt eh, wie ich's mein'! Aber mit diesem – Lumpen da laß dich nicht ein.«

»Fuhrmann, das verbitt' ich mir ...«

»Ja, Fuhrmann bin ich und eine Geißel hab' ich, und wenn ich einen damit durchpeitschen möcht', so ist's *der*, und meine Rösser sollten aufschauen, was ich in dem Stück vermag.«

Der junge Mensch wollte den Lästerer anspringen und an der Gurgel fassen.

Der aber schnellt ihn ab und ruft ihm grimmig zu: »Daß Er sich nicht weiter rühr', sonst vergess' ich mich!«

Nun aber war die Resi so weit gefaßt, daß sie aufbegehren konnte: »Veit,« sagte sie, »ich lass' mir meine Gäst' nicht schimpfieren. Ist Er denn verrückt?«

»Sollst gleich sehen, daß ich's nicht bin. Nicht rühren, sag' ich! Und *du* horch auf: Draußen in Judenburg haben sie eine kärntnerische Wallfahrterin aufgegriffen. Als Kindsmörderin steht sie vor Gericht, eine schreckliche Krankheit hat sie durchgemacht. Wildfremde Leute glauben an ihre Unschuld, haben sie gelabt und gepflegt. Aber der, der das liebe Geschöpf ins Unglück gebracht hat, der sitzt da und hat Zeit und Luft, auf und auf, soweit die Straßen lang ist, heut' der und morgen einer andern schön zu tun ...«

»Das wär'st du, Huber?« ruft die Enttäuschte dazwischen.

»Ja, Resi, und zu deiner Witzigung sei's gesagt. Und der junge Herr kann sich jetzund empfehlen, wenn's beliebt. Aber komm' Er ja nicht meinen Rössern zu nah, sie schlagen aus.«

Und kläglich war des Kohlschreibers Abzug, so sehr er denselben auch durch aufgeraffte Steine, als welche man Kraftworte wie: der Esel, der Fuhrmannsstrick, Verleumder, gemeines Volk und dergleichen betrachten kann, zu decken suchte. Wie kam aber dieser vielseitige Schmarotzer überhaupt ins Bereich der Dreikönige?

Huber ist ein geschickter Arbeiter, ein flinker Rechner; in dienstlicher Beziehung ist er bei seinem gräflichen Herrn gut angeschrieben. Schon vor Jahr und Tag war er so gestellt, daß er sich einen selbständigen häuslichen Herd hätte gründen können. Er hatte Wohnung, Holz und Licht frei; leicht hätte sich dazu auch ein Gärtchen, eine kleine Stallwirtschaft, Roß und Wägelchen gefunden; und der Forst hätte ihm ab und zu Stücke leckeren Wildes ins Haus geliefert. Aber Huber war ein loser Vogel und wollte es gern länger bleiben. Er hatte Geld und damals gab's noch was aus, auch wenn man's vertun wollte. Er gefiel den Dirnen, und er machte sich kein Gewissen daraus, die ein' und die andere zu beschwatzen. Er wollte das Leben genießen, hatte aber für den Kern, für die Würze desselben noch wenig Sinn. Derlei Löffler aus allen Schüsseln gibt's und hat's zu allen Zeiten gegeben, und der Verwöhnte wird eitel.

Nun hatte der Graf draußen im Murtal ein neues Werk angelegt, das einen größeren Aufschwung nehmen sollte. Er schickte die umsichtigsten Leute dahin, die Sache in Gang zu bringen. Nicht der letzte darunter war der Kohlschreiber. Derselbe durfte sich sogar schmeicheln, mit erhöhten Bezügen dem neuen Unternehmen für die Dauer zugeteilt zu werden, und die Nähe Judenburgs, eines regen Städtleins, das er noch nicht kannte, hatte nicht geringen Reiz für ihn; und so war er in der letzteren Zeit schon mehrmals unterwegs zwischen seiner alten Schreibstube und einem Bestimmungsorte, von welchem er sich mehr versprach.

Und wenn er so des Weges zog, hatte er nicht nur auf Waldbestand, schlagbare Hänge, leichte Zufuhr, Sägmühlen und Kohlenmeiler, überhaupt auf alles acht, was mit seinem rußigen Geschäfte in Verbindung stand, sondern er blickte dabei auch gern nach der Jugend Milch und Blut, nach lebfrischen Gesichtern aus.

> So a z'nichte Keuschn,
> So a finstrer Grabn;
> So a scheans Deandl
> Söllt's do besser habn!

dachte und sang er, als er zum erstenmal des kleinen Dreikönig-Wirtshauses ansichtig wurde, draus soeben die muntere Resi hervorgetreten. Rasch entschlossen kehrte er zu, denn ein hübscher Anblick hat schon oft den Durst gezeitigt. Und gut hat er's getroffen, denn der Alte kostete wieder einmal die Gegend des Marweins (Markwein, von der windischen Mark so genannt) ab, und gern kam er wieder. Und daß ihm just bei dem Handel, der kein drittes verträgt, der grobe Fuhrmann wie ein Gespenst dazwischengefahren, wurmt ihn nicht wenig.

Das Dreikönig-Wirtshaus ist ihm nun wohl für immer verleidet – das sagt er sich auf dem Weg ins neue Werk, während jener mit Wüst und Hott über den Sattel setzt und bald in St. Gertraud erzählt, wie er den Schlecker klein gekriegt. Also auch dort steht ihm eine Beschämung bevor und diese zukünftige wurmt ihn noch mehr als die eben überstandene.

Vergebens redet er sich ein, der Huber: der lange Blaukittel ist ein Grobian, ein ordinärer Kerl, ein gemeines Lästermaul, und was der von der Straße aufliest, ist in den Wind geredet; das ist höchstens gut genug für die Schwemm', dringt aber nicht ins Extrazimmer und an den Herrentisch ... Was ihm dieser ungeschlachte Mensch versetzt hat, sitzt gleichwohl und dringt tiefer, als sich's der Vielgeliebte gestehen mag.

Ja, es ist diese gemeine Straßenfigur, dieser grobe Kerl, dieser ungebildete Mensch, der ihm ein Bild vors Auge beschworen, welches er denn doch nicht ohne weiteres zu bannen vermag. Und dies vorwurfsvolle Bild heißt *Marie:* jetzt ein liebes, feuriges, herziges Mädchen, wie er noch kein anderes kennen gelernt, und jetzt verhärmt, krank, schrecklich angeklagt und einer Verurteilung entgegensehend, von welcher sich ihre Ehre, ihre Lebensfreude unmöglich mehr erholen kann!

O, der Zärtliche, der Gehätschelte ist nicht ohne Gefühl, nicht ohne Gewissen! Hört nur, was er sich sagt. Ja, ja, meint er, ich bin der Armen einen Besuch schuldig. Ich weiß ihr auf gute Art beizukommen, und das wird sie trösten. Sie wird mit sich reden lassen; eine frühere Geliebte in solcher Lage muß erkenntlich dafür sein, wenn man überhaupt noch ihrer gedenkt. Und von den Wehleidigen, Klagenden, »Raunzenden« ist sie nie gewesen; also kann ich's schon wagen, sie wiederzusehen, wenn ich derlei Szenen auch gern aus dem Wege gehe. Freilich, selbst im günstigsten Falle ist's aus und bleibt's aus zwischen uns; sie wird's auch einsehen. Mit einer so ungeschickten Person kann sich unsereins unmöglich länger abgeben wollen. Was hält' es denn auch verschlagen, wenn im Groggerhaus ein Bübchen mehr herumgelaufen wäre? Und die gute Alte hätte sie nach wie vor im Dienste behalten. Von der Marie hätt' ich am allerwenigsten eine solche Taktlosigkeit, solches Aufsehen erwartet, und übel daran ist sie in der Tat. Also ich will ihr meine Teilnahme bezeigen, und dabei bleibt's. Es soll in Judenburg mein erster Gang zu ihr sein. Mehr läßt sich freilich nicht tun, und Malheur bleibt Malheur. Es ist gut, daß ich bald in andere Verhältnisse komme ...

So Huber. Ja, man traue einem Eitlen, einem Selbstling so bald Herzensgroßmut zu! Derlei Menschen müssen tüchtig gewalkt werden, wenn sie einen inneren Halt gewinnen, wenn sie zur Einsicht gebracht werden sollen. Es ist ihnen gar wohl zu gönnen, wenn sie gelegentlich aus dem Regen in die Traufe geraten.

Zu schicklicher Stunde betrat der Kohlschreiber das Haus des Bezirksarztes, mit dem Bewußtsein, selbst auf dem kurzen Wege hieher nicht unbemerkt geblieben zu sein.

Er stieß auf das Stubenmädchen und fragte dasselbe mit dem gewinnendsten Lächeln, ob er nicht die Marie Klöckl sprechen könne; er habe gehört, daß sie sich noch in der Pflege des Herrn Doktors befinde.

»Sie wissen also, daß sie sehr krank war und sich noch immer nicht ganz erholt hat ... wen soll ich melden?«

»Es bedarf keiner Umstände, liebes Kind! Ich bin ein guter Bekannter aus ihrer Heimat ... das wird genügen.«

»Meinen Sie? Nun, das kann der Herr Doktor selbst entscheiden; er ist zu Hause. Treten Sie unterdessen ins Wartezimmer.«

Das gescheite Mädchen enteilte, um ihren Herrn auf den faden Menschen, auf den zuversichtlichen Besuch aufmerksam zu machen.

»Hat er eine Karte abgegeben, hat er sich genannt?« fragte Doktor Schlag gleichgültig.

»Nein; er will als guter Bekannter aus ihrer Heimat bei der armen Marie Zutritt haben.«

»Dann will ich mir ihn erst selber ansehen. Ja, überlaß ihn mir, Luise! Es kommt mir so ein Gedanke ... wie, wenn ihn das böse Gewissen hergetrieben hätte?«

Der Arzt verließ seine Studierstube, und als er den hübschen Burschen vor sich hatte, fragte er anscheinend zerstreut: »Sie wünschen?«

»Die Marie Klöckl zu sprechen.«

»Und sind?«

»Ein guter Bekannter aus ihrer Heimat.«

»Ihr Name, wenn ich bitten darf?«

»Ich glaube, der tut nichts zur Sache; sie wird mich auf den ersten Blick erkennen.«

»Sie bringen gute Nachricht, gute Zeugenschaft für sie?«

»Daran hab' ich so eigentlich noch nicht recht gedacht.«

Der Doktor war seiner Sache gewiß, und es war eine ernste, tief einschneidende Frage, die er nun tat:

»Sie sind der *Vater* des unglücklichen Kindes?«

Huber ward rot bis über die Ohren und konnte dem vollen, auf ihn gerichteten Blicke nicht standhalten.

»Und sind ein feiger, elender Wicht!« fuhr Schlag mit Nachdruck fort.

»Herr Doktor, das verbitt' ich mir ...«

»Es steht nicht bei Ihnen! Sie kommen ungeladen, ungerufen, und der Willkomm richtet sich nach dem Wert des Eindringlings.«

»Sie verdächtigen meinen Charakter, meine Gesinnung.«

»Ich urteile nach Ihrer Larve und nach dem Geständnisse, das ich aus Ihnen herausgeschreckt. Was Sie zu bieten haben, ich seh' es Ihnen an, sind ein glattes Gesicht und faule Ausreden. Danach verlangt die Ärmste nicht; ihr ist besserer Trost geworden. Ein rechtschaffener Mann wüßt' auch, mit welcher Sühne er ihr zu kommen hatte. Sie namenloser guter Bekannter haben ein totes Kind auf dem Gewissen. Sie namenloser guter Freund haben das prächtigste Mädchen unglücklich gemacht und sollten Ihren Jahren nach doch schon zu unterscheiden wissen, ob Sie's mit einem Glasscherben oder mit einem Edelstein zu tun hatten. Das böse Gewissen hat Sie hieher getrieben, aber Sie sind nicht Mannes genug, mit ihm zu ringen.«

»Wer gibt Ihnen das Recht, so über mich herzufallen?«

»Ja, warum bleiben Sie denn noch, wenn Ihnen meine Rede nicht behagt? Ich halte Sie nicht, ich lasse Sie auch nicht vor. Aber ja, es gibt eine Art von Züchtigung, der man sich nicht entwinden kann, nicht wahr, Sie lieber Ungenannter? An Ihrem Namen ist mir gar nichts gelegen, aber Sie selbst empfinden ihn jetzt vorwurfsvoll; denn zuzeiten muß man sich zu dem bekennen, was man ist und was man getan. Und Sie sollen nicht umsonst zum Arzt gekommen sein, ist doch die Diagnose nicht schwer, die ich Ihnen zu stellen habe. Nicht die Marie geb' ich verloren, so Schlimmes ihr auch noch bevorsteht, sondern Sie, ihren Verführer. Fahren Sie fort, den

Schürzen nachzulaufen – an der schmutzigsten werden Sie hängen bleiben. Dies das Los von Ihresgleichen.«

Damit drehte Doktor Schlag dem Kohlschreiber den Rücken. Er hatte nicht leidenschaftlich, sondern mit ruhigem Bedacht gesprochen, mit jedem Satze zielend und treffend. Er schöpfte dabei aus dem Unwillen, der sich längst in ihm gegen den unbekannten Frevler an Mariens Lebensglücke aufgesammelt hatte; und da die Vorstellungen von demselben so auffallend der gegebenen Figur entsprach, so bekam der unselige Huber mehr ab, als er unter anderen Umständen zu gewärtigen gehabt hätte.

Und der so selbstgefällig gekommen war, schlich kleinlaut von hinnen. Er begriff nicht, wie er diese Schmähungen so ruhig habe über sich ergehen lassen können, und zürnte sich deshalb. Er war eben noch nie unter der Zauberkraft von Blicken eines so klaren, selbstsicheren Mannes gestanden. Und dessen Worte hatten Eindruck, großen Eindruck auf ihn gemacht, so sehr er sich auch dagegen auflehnte, sie gelten zu lassen.

Warum hofmeistert mich dieser Mensch – ihm habe ich doch nichts in den Weg gelegt, *ihn* nicht gereizt, und mit einer artigen Frage darf man doch selbst dem Papst und dem Kaiser kommen? Freilich, ich hatte mir die Sache zu leicht gedacht, und es war ungeschickt von mir, aus meinem Namen ein Hehl zu machen. Nur das hat ihn auf den Gedanken gebracht, der mich aus seinem Munde so sehr verblüffte. Dumm, dumm, wenn der Hase hervorläuft, sobald auf den Busch geklopft wird! Ich könnte mich selber abohrfeigen ...

Und der Gedemütigte begab sich nicht ins Werk zurück: er trug Scheu, sich Bekannten zu zeigen, als wär' er ein Gezeichneter, als müßt' ihm jeder die erlittene Schmach an der Stirn ablesen können. Das menschenleerste Gäßchen nahm ihn auf, und in den nahen Wald flüchtete er. Und hastig war sein Schritt, sobald er das ungastliche Haus hinter sich wußte. So drückt sich der Hund an einer bedrohlichen Erscheinung ängstlich vorüber, dann aber nimmt er Reißaus und erst aus einiger Entfernung bellt er dawider; doch auch das währt nicht lange, er hält, und eine andere Richtung ist's, was ihn lockt.

Wie kommt es nur, fragte sich der Kohlschreiber, stillstehend, daß so viele Menschen an mir was auszusetzen finden? Die Frau Groggerin mutzt mir meinen Leichtsinn auf, der Fuhrmann droht mir mit seiner Peitsche und der Doktor wirft mich mit einer Strafpredigt zur Türe hinaus. Die Groggerin ist eine gute Alte, und daß sich die Jungen in mich vergaffen, könnte mich sattsam trösten; der Blaukittel ist nicht mehr als ein rußiger Kohlführer und seine Meinung kann mir gleichgültig sein; der Arzt versperrt mir aber gerade diejenigen Kreise, in die ich demnächst zu treten hoffte. Wo der gilt, bin ich unmöglich. Das ist mir denn doch höchst zuwider! Und das alles der abgeschmackten Dirnen wegen ...

Wieder schritt Huber ein Stück vorwärts. Es ist der stille Wald, was ihn umgibt. Kühl und würzig ist's darin; Fichten und Tannen haben Dauer; nur die eingesprengten Laubhölzer haben ihre Blätter verloren, welche, fahl und dürr, da und dort über den Weg rascheln. Die Spätherbstsonne, hat wenig Kraft mehr; hin und wieder blitzt sie noch herein, aber mit mattem Schimmer, der nicht blendet, nicht sengt. Dennoch atmet der unfreiwillige Spaziergänger tief auf, und von der Stirne trocknet er sich den Schweiß.

... Es ist trotz alledem noch gut, daß ich wenigstens ihr nicht unter die Augen zu treten brauchte. Ich hätte am End' vor ihr eine noch traurigere Rolle gespielt als vor dem scharfen Doktor. Und darin hat er recht: so wie viele andere ist sie nicht, ist die Marie nicht. Welche Angst, welchen Schrecken muß sie ausgestanden haben, daß sie auf den Gedanken kommen konnte, auf und davon zu gehen und mit dem toten Kinde zur Maria-Buch ihre Zuflucht zu nehmen! ... Dann die lange Krankheit; gottlob, sie wird wohl die meiste Zeit nichts von sich gewußt haben! Aber kaum halbwegs noch bei Kräften, muß sie vor Gericht Rede und Antwort stehen ... um nur mit dem Gericht nicht in Berührung zu kommen, hab' ich mich beeilt, ihr noch beim Doktor den schuldigen Besuch abzustatten. So hatt' ich's schlau berechnet, aber feig ist's gewesen, feig ... Kindesmörderin? Lächerlich; das ist sie nicht, das kann sie nicht sein. Wenn sie's aber doch getan hätte? ... im Zorn, daß ich sie verlassen? ... Und wenn ich so wirklich das tote Kind auf dem Gewissen hätte? Schauerlich, schauerlich! ... Ja, wenn man's so bedenkt, sollte unsereins doch gescheiter sein und die armen Dinger nicht so ins Verderben rennen lassen. Und das ist noch nichts, wenn sie einem von selbst in die Arme laufen. Aber wie hoch und feierlich habe ich der armen Marie die Heirat versprechen müssen! Und damals ist's mir damit auch heiliger Ernst gewesen ... ach, damals noch! Nur wenig hat gefehlt, und ich hätte mir nichts vorzuwerfen. Aber nein, völlig aufgesucht hab' ich den Leichtsinn – er hätte mich herausreißen sollen und hat' mich nur tiefer noch hineingeritten! Ein bißchen Falschheit, und der schlechte Kerl ist fertig! Und da will ich noch aufbegehren, wenn mich die rechtschaffenen Leut' ausstoßen? Ich hab' einen schönen Einzug gehalten da in Judenburg: mein Kind ist verscharrt, mein Schatz muß vor's Gericht, und mir schlägt man die Tür vor der Nase zu. Und wenn nur die arme Marie was davon hätte, daß nun die Straf auf mich kommt! ...

Der Kohlschreiber ließ sich auf einen Baumstrunk nieder, barg sein Gesicht in die Hände und weinte.

Die rechten Tränen waren dies allerdings noch nicht; denn was dieselben erpreßte, war zumeist die eben erlittene Demütigung, der Zorn über sein dummes Vorgehen, die peinliche Verlegenheit, in welche er sich seinen schmeichelhaften Plänen und Erwartungen gegenüber versetzt sah. Daß sie gerade hieher, nach Maria-Buch, wallfahrten mußte, die ungeschickte Marie!

Um seine Unbehaglichkeit möglichst zu übertäuben, machte sich Huber eifrigst im neuen Werk zu schaffen. Da konnte er noch seinen Mann stellen; da wußte er sich auch am besten geborgen. Er nahm mit Speise und Trank im Arbeiterwirtshaus vorlieb, zog sich gern auf seine Stube zurück und wenn er sich abends ergehen wollte, mied er die Wege zur Stadt hinan – dort konnte ja schon der schreckliche Doktor von seinem lächerlichen Auftreten herumgesprochen haben.

Oft kam ihm der Gedanke, ob nicht das Gericht auch ihn vorfordern könne; ob es nicht geraten sei, um dienstliche Versetzung einzukommen. Nach St. Gertraud zurück? Das ging nicht; denn dort hätte er erst recht Spießruten laufen müssen. Und die Flucht ergreifen? Das ging auch nicht; die Feigheit hat ihn schon einmal verdächtig gemacht. Und irgendwo muß der haltlose Mensch doch einen festen Stand haben; in geschäftlicher Beziehung will er sicher gehen, will er sich nichts nachsagen lassen.

Wenn nur die Nächte besser gewesen wären! Aber in Träumen bekam er noch oft den Spott des Doktors zu fühlen; in Träumen stand er auch selbst vor Gericht und konnte nicht Red' und Antwort geben, und die unglückliche Marie hielt sich von ihm abgekehrt, und nie konnte er ihr ins liebe Gesicht sehen, danach es ihn doch ebenso verlangte, als ihm davor bangte.

So ging mit dem Kohlschreiber Huber eine Veränderung vor, die selbst seiner neuen Umgebung auffallen mußte.

Eines Tages sagte der ihm übergeordnete Werktechniker, ein Junggesell, zu ihm neckenderweise: »Mir scheint, die Gertrauderin liegt Ihnen noch immer im Sinn. Ist sie denn wirklich so sauber? Die ganze Stadt spricht von ihr; Sie können sich was einbilden darauf.«

Hubers Antwort klang wider Erwarten kleinlaut. »Was ich mit auszustehen habe, wünsch' ich meinem ärgsten Feinde nicht,« sagte er.

»Ei was« – tröstete der andere Schürzenjäger – »man wird sie ja doch nicht gleich aufhenken. Die Wallfahrt, das war ein köstlicher Einfall; Maria-Buch ist eine mächtige Fürsprecherin. Und wissen Sie was? ist Gras gewachsen darüber, so haben Sie an der Gewitzigten einen Schatz, der keine Ansprüche macht und den Sie um den Finger wickeln können.«

Zu anderer Zeit hätte diese flotte Auffassung dem Kohlschreiber Achtung eingeflößt, Beifall abgenötigt; jetzt tat sie ihm aber weh, jetzt widerte sie ihn an.

»Sie haben leicht reden, Herr Ingenieur!« Das war alles, was er darauf entgegnete.

Und der andere zuckte die Achseln.

Viertes Kapitel

Der Gerichtsaktuar und die Frau Groggerin

Der Bezirksarzt konnte, ohne seinen eigenen Absichten entgegen-
zuwirken und ohne seinen Schützling einem abträglichen Vorurteil
auszusetzen, die Gertrauder Marie nicht länger der Untersuchungshaft und dem mündlichen Verfahren vorenthalten. Und um jedes
Aufsehen auf der Straße zu vermeiden, sollte sich das unglückliche
Kind im Hause, und eh' noch der Gerichtsdiener eintrat, von seinen
Wohltätern verabschieden.

Marie zeigte sich gefaßt, ja heiter; nun sollte ihr endlich werden,
was sie als eine gerechte Sühne ansah und mit grausamer Ungeduld
herbeisehnte. Lächelnd sagte sie: »Ich habe zwar nie recht verstan-
den, was die heilige Dorothea angestellt haben muß, wenn es heißt:
›St. Dorothea mit den rauhen Füaßen ist schon einmal im Himmel
g'wesen, hat wieder abher müaßen‹; doch das weiß ich: bei Ihnen
hab' ich das Paradies gehabt und jetzt muß ich wieder ins Fegfeuer
zurück – wenn nicht gar die Höll' draus wird.«

»Halte dich tapfer, Marie!« antwortete der Doktor darauf, und
ihm wollte es selbst weich werden ums Herz.

Die Frau Schlag aber umarmte und küßte die Scheidende, als
würde ihr an derselben für das schrecklichste Los eine Tochter ent-
rissen. Sie war nun besser eingedrungen in das spröde Wesen der
Verfolgten und schien nicht abgeneigt, darin eine hochsinnige Re-
signation zu erblicken. Wie hätte sie daher mit ihren mütterlichen
Tränen zurückhalten sollen, eine edle, feinfühlige Seele, die sie war?

Marie hatte ihr Wallfahrtergewand angezogen; nichts fehlte an
dieser Ausstattung als der unselige Zögger – einen Augenblick freilich hatte sie wie sinnverloren danach greifen wollen. Sie ward es
auch selbst inne und raffte sich besser zusammen.

Als der Gerichtsdiener erschien, erklärte das Stubenmädchen Luise, die sich bisher abgewandt zu schaffen gemacht hatte, kurz entschlossen: »Ich gehe mit! Ich darf doch eine gute Kameradin auf
ihrem schweren Gang begleiten?«

»Dieser Einfall macht deinem Herzen Ehre,« sagte beistimmend die alte Frau; auch der Doktor nickte, und in den Augen der Sünderin leuchtete es freudig und dankbar auf. Sie drückte dem wackeren Mädchen die Hand, ließ dieselbe aber im Nu wieder los, um sich ungesäumt an die Seite der Gerichtsperson zu stellen.

Letzterer holte weder Eisen noch Stricke hervor, und Marie schien sich über diese Schonung nicht wenig zu verwundern.

Zu dreien verließ man das Haus; der Häscher gönnte den Mädchen den Vortritt, schritt aber knapp hinter der Schuldigen drein.

Trotz der Morgenstunde hatten sich da und dort Schaulustige angesammelt; sie wollten die berühmte Kindesmörderin sehen, und die Weiber drängten sich in den Vordergrund, selbstverständlich. Ob sie nicht auch ihre spitzen Zungen regten und die Nägel krümmten?

Die Kärntnerin zog des Weges, als ginge es zur Kirche; sie war mit sich selbst beschäftigt und achtete nicht darauf, was um sie vorging. Nur der mutigen Gefährtin nickte sie zuweilen einen erkenntlichen Blick zu. Letztere machte auch die Wegweiserin, sonst hätte der Diener rechts! oder links! rufen müssen; der aber hatte keine Lust, aus der stummen Rolle herauszutreten.

Die Zuschauer schienen nicht recht befriedigt zu sein, und es fehlte wenig, so hätte ihre Stimmung in Mitleid umgeschlagen. Die da so ruhig vorüberging, war ja gar nicht das hochmütige, schreckliche, nichtsnutzige Ding, das man sich versprochen hatte. Wie gut ihr das Kärntnerhütl steht, hieß es da, und dort bemerkte man, daß sie eher einem Stadtmädchen gleiche als einer Bauerndirn. Nun ja, die lange Krankheit hat sie so weiß, so zart gemacht und im Doktorhause hat sie einen Schliff angenommen! ... Für eine Kellnerin schaut sie mir zu wenig lustig, zu fromm aus! bemerkte die eine, und die andere drauf: Aber denk nur, auf einem solchen Gang wird man »dasig«, und wer weiß, wie weit sie's in der Verstellung gebracht hat ... So wurde die Gertrauder Marie eingeliefert. Zum Glück hatte das Städtchen nicht viele Übeltäter im »Loch« – auf der Weiberseite war's völlig leer, und die Kärntnerin konnte allein sein; ob aber nicht schon in der nächsten Nacht ein liederliches Dirnlein aufgegriffen und ihr beigesellt würde, stand dahin.

»O je,« bemerkte Luise, einen Blick in das öde Gemach werfend, »da sieht's anders aus als bei uns! Und da auf der Pritschen wirst du's hart haben.«

»Laß gut sein,« entgegnete die Zurückbleibende; »desto weniger kann ich vergessen, was ich bei euch gehabt habe. Noch einmal dank' ich dir, und der gnädigen Frau und dem Herrn Doktor, allen, allen! Vergeßt nicht ganz auf mich!«

Weiterer Zwiesprach wehrte der Schließer. Die mitleidige Magd eilte nach Hause und der Häftling blieb sich selbst überlassen.

Nicht lange; denn der Aktuar – *Steiner* heißt er – brannte danach, sie dem ersten Verhör zu unterziehen. Wie wollte er ihr beikommen, der abgefeimten Person! Er hat scharf geladen; er hat sich mit Geduld gerüstet; er hat Fallen gelegt; er hat ein Fangnetz von Fragen bereit: wie sollte sie ihm da entschlüpfen können? Er wird sie entlarven, er allein, zum Triumph über so viele andere, denen sie's durch ihre Scheinheiligkeit angetan! Aber sachte, zuerst gilt's zuzusehen, in welcher Rolle sie sich gefällt.

Die Angeklagte wurde vorgeführt; sie und ihr Richter erblickten einander zum erstenmal, und ohne kleine Überraschung oder Enttäuschung beiderseits ist es dabei nicht abgegangen. Wenn dem flüchtigen Augenspiele Worte verliehen wären, so würde es auf der einen Seite gelautet haben: »Wie, dieses kleine, zuwidre Männchen sollte mein Schicksal in seiner Hand haben? Aber er ist die Obrigkeit und der ist man Gehorsam schuldig – –« und auf der anderen Seite: »Der könnte man allerdings alles andere früher zutrauen; doch der Schein trügt, und verschanzt sie sich gut, so ist der Spaß um so größer.«

Erst die Kette, dann den Einschlag, dachte sich Aktuar Steiner und er vermochte die Angeklagte bald, ihre Leidensgeschichte zu erzählen.

Einfach, klar und wahrhaft berichtete die Hartgeprüfte, wie alles gekommen. Sie hatte dort dem Pfarrer reinen Wein eingeschenkt und tat hier dasselbe dem Richter gegenüber – beide Male aus dem gleichen Grunde, weil's die Obrigkeit so verlangte, der man gehorsamen müsse.

Steiner hatte die Arme ausreden lassen; er hatte kaum nötig, ihr mit einer Zwischenfrage vorwärts zu helfen – so knapp hielt sie sich an die Sache.

»Fühlst du dich *schuldig*?« fragte er jetzt.

»Ja,« lautete die Antwort, was ihn nicht wenig wundernahm. So schnell ans Ziel zu kommen, hatte er keineswegs gehofft.

»Schuldig als *Kindesmörderin*?«

»Leider Gottes bin nur ich *schuld*, daß es ersticken hat müssen, das liebe Kind. Wenn ich gesehen hätt', daß es zu wenig Luft hat unterm Tüchel, hätt' ich freilich wohl helfen können. Aber ich bin halt gleich selber so viel schwach gewesen, daß ich nichts sehen und hören hab' können.«

Steiner ließ nicht merken, daß er voreilig geschlossen. Er tat, als hätte die Angeklagte den Kindesmord bereits einbekannt. Das Geständnis wird noch runder und voller ausfallen, wenn er erst ihr Gemüt erschüttert hat. Daher fragt er ernst und gewichtig weiter:

»Weißt du, was auf den Kindesmord gesetzt ist?«

»Was halt vor Gott und der Welt recht ist.«

»Wir können bis zur – *Todesstrafe* erkennen.«

Marie Klöckl zuckte mitnichten zusammen. Ihr Blick schien zu sagen: Das muß der Herr Richter besser wissen.

Ist dies Stumpfsinn oder Verstellung? fragte sich der Aktuar und er wiederholte mit Nachdruck:

»Bis zum Tod durch den *Strang*!«

Sie darauf: »Dann wird's wohl auch so sein müssen, und ich hab' schon längst keine Freud' mehr am Leben.«

»Du gestehst also,« fuhr Steiner fort, als hebe er nur Selbstverständliches hervor: »Du gestehst, das Kind umgebracht zu haben?«

»Wie, was? Das wär' weit gefehlt, Herr Richter! Ich hätt's gern gesehen, daß es gelebt hätt', das kleine Büberl; ich hätt' auch rechtschaffen drauf geschaut, und die gute Frau Groggerin hätt's gewiß nicht aus dem Haus gejagt.«

»Du fühlst dich schuldig, du bist die alleinige Schuld, daß das Kind ersticken mußte, und du willst es gern gehabt haben?«

»Das wohl, Herr Richter, das wohl! Und wer könnt' ihm denn feind sein, wenn's einmal auf der Welt ist? Aber so viel ungeschickt bin ich gewesen, und das mit dem Tüchel hätt' halt nicht so schlecht ausschlagen sollen.«

»Das mußtest du im voraus wissen, daß das Kind darunter ersticken werde.«

»Nichts hab' ich gewußt. Herr Richter! So zugedeckte Kinder hab' ich öfter schon gesehen, und ich hab' halt nichts anderes bei der Hand gehabt, und dann ist ja gleich die große Schwäche über mich gekommen.«

»Und auf der Wallfahrt hast du Zeit gehabt, dir das alles so zurechtzulegen?«

»Ist mir eh sauer genug geworden, der Weg, und umsonst ist mir gewiß nicht eingefallen, daß der Frauentag in der Nähe ...«

Um viel mehr drehte sich das erste Verhör nicht, und von diesem ersten Versuch hatte sich Steiner überhaupt nicht viel versprochen.

Gleichwohl war er unzufrieden. Er hatte sich die interessante Verbrecherin anders vorgestellt, etwa wie eine aalglatte Person, die unversehens zu fassen und festzuhalten eine Lust sein müßte. Anstatt dessen trat ihm ein schlichtes Wesen entgegen, dem er keine Tiefe, also auch keine geheimnisvolle Triebfeder zutrauen mochte.

Das war das eine; und was ihn in zweiter Linie, aber darum nicht minder befremdete, war der Umstand, daß die ihr in Aussicht gestellte Strafe, ja selbst der angedrohte Strang aufs Gemüt der Angeklagten so völlig die Wirkung versagt hatte.

Unter beiden Wahrnehmungen zerfloß der romantische Schimmer, welcher dem ersten Anscheine nach diese trugvolle Wallfahrt umgab; was zurückbleiben konnte, war vielleicht nur ein gewöhnliches Verbrechen, ein Bauernkniff und eine Apathie, wie solche in der rauhen Hochlandswelt nicht selten.

Das alles demütigte nicht wenig die Voraussicht, das berufsmäßige Vorgefühl des Kriminalisten. Und daß er aus dem gegebenen

Fall in berechneten Andeutungen schon so viel Wesens gemacht, beunruhigte den Aktuar der Gesellschaft gegenüber.

Aber auf den ersten Eindruck darf's nicht ankommen. Vielleicht zeigen sich doch noch Abgründe, in welche das Senkblei nicht ungern taucht. Jedenfalls ist die einfältige Dirn schuldig, und das voll und klar herauszubringen, ist immerhin etwas.

So verhörte und inquirierte denn das Männchen weiter, vormittags, nachmittags, zu gelegener, wie zu ungewohnter Stunde. Je sicherer die Haltung der Angeklagten war, desto mehr versteifte sich die Voreingenommenheit des Untersuchungsrichters.

Vergebens bat erstere: »Gestrenger Herr, machen Sie sich's nicht so schwer; das ist wahr und das ist nicht wahr; das ist so und das ist anders, wie ich schon gesagt habe – ich lüg' nicht. Und mir is ja eine jede Straf' recht, die härteste auch die liebste.«

Steiner wurde verdrießlicher und die Sache zog sich in die Länge.

Der lange Veit hat längst wieder in St. Gertraud eingestellt. Er brachte Neuigkeiten mit, die aber so wenig erfreulicher Art waren, daß er sie am liebsten unausgekramt gelassen hätte. Sie waren auch nicht für die gewöhnlichen fühllosen Gäste, deren Neugierde sie allerdings sattsam gekitzelt haben würden.

Er saß daher auf der rückwärtigen Bank, der Tür gegenüber, geduldig und ernst, wie ein angemalter Türk', bis alles sich verlaufen hatte. Und dann wartete er noch eins so ruhig auf das Erscheinen der alten Wirtin, die nicht früher abkommen konnte, als bis sie ihrem Tagewerk die müden Augen zugedrückt; dann setzte sie sich allerdings noch gern für eine Weile, ehe sie zu Bette ging; und selbst ein nachsitzendes Plauderstündchen kostete sie keine Anstrengung, sondern tat ihr wohl, wie den Rößlein nach einer anstrengenden Fahrt der leere, gelinde Abendgang.

»Ihr bringt mir nichts Gutes, Veit!« sagte sie, indem sie sich dem langen Gast näherte; »und doch seid Ihr so lang' ausgeblieben, daß ich meinte, Ihr habt geflissentlich schönes Wetter abgewartet.«

»Ich habe mir auch gedacht,« antwortete der Fuhrmann, »du wirst der Frau Mutter nicht unnötigerweise das Herz schwer machen, Veit! Und selbst von einem seligen End' ...«

»Sie wird doch nicht gestorben sein, die arme Marie?«

»... tät' ich lieber erzählen, als was die, die ich meine, schon ausgestanden hat und noch wird ausstehen müssen.«

»Barmherziger Gott, ihr geht's wohl recht schlecht! Aber daß sie den Heimweg nicht findet, kann ich mir völlig nicht erklären. Ich möchte sie ja mit offenen Armen aufnehmen, wenn sie halbwegs noch wär', wie sie gewesen ist.«

»Zur guten Mutter zurück, freilich wohl, ging' sie gern, für das tät' ich einstehen, aber das kann sie nicht, ganz und gar nicht.«

»Was Ihr sagt!«

»Eine Wallfahrt hat sie gemacht, lang' krank gewesen ist sie und vor Gericht steht sie ...«

»Jetzt fall' ich gleich um, Veit! Was könnt' denn die angestellt haben? Leicht hat sie nichts mehr zum Leben gehabt und den Opferstock ausgeraubt – ich muß schon aufs Unmögliche denken. Und ich hätt' ihr ja den ganzen Lohn nachschicken können.«

»Ärger, Frau Groggerin!«

»Seid Ihr heut' spaßig! Nun, so hat sie halt ein Haus angezündet.«

»Ärger, sag' ich, viel ärger!« »Dann weiß ich schon nicht mehr, bin ich verrückt, oder ist Euer Kopf schwach. Solch ein liebes, braves Ding kann doch nicht einen Menschen umgebracht haben?«

»Noch ein bißchen ärger! Ja, Frau Mutter, dann hat Sie's erraten.«

»Das kann ich mir nicht mehr vorstellen, und mir steht das Herz still.«

»Und ich möcht' mir lieber die Zung' abbeißen, als das sagen müssen, von der Marie das sagen müssen.«

»Vor Gericht also steht sie,« hob die Wirtin nach einer nachdenklichen Weile an, »als ein armes, lediges Dirnlein vor Gericht! Himmel, fall ein! ist das ein schwerer Gedanken ... es wird doch nicht eines Kindes wegen sein?«

»Es ist schon so, Frau Mutter! Und ich hätt' um alles in der Welt nicht mit der Tür ins Haus fallen mögen. Und das Kleine ist auch nicht wieder zum Leben gekommen, wie sie's zu Maria-Buch der Muttergottes auf den Altar gelegt hat, die arme Marie.«

»Und deswegen,« sinnierte die gute Alte weiter, während ihr die Augen feucht wurden, »hat sie sich geschämt vor mir ... und, wie ich sie kenn', wär' auch kein Sterbenswörtchen aus ihr herauszubringen gewesen; und deswegen ist sie Knall und Fall fort, und wegen des Frauentages hat sie sich so beeilt. Und, o du mein Gott! in *diesem* Zustande fort ... Da hat sie sich ja aus unmenschlicher Übermacht was antun müssen. Und hat sie denn nachher eine gute Pfleg' gefunden? Mir schwindelt, wenn ich dran denk.«

»Aus der Kirchen geht sie zum Pfarrer: er sollt' ihr das Kind einsegnen. Der Pfarrer schickt sie mit seiner Hausdirn um einen Totenschein zum Doktor in die Stadt; es ist schon Nacht gewesen. Der Doktor sieht gleich, wie sie daran ist; er läßt sie nimmer fort. Ins Bett hat sie müssen ... bei ihm selber; er und seine Frau Mutter sind so viel gute Leut'. Nun, und jetzt hat sie das Nervenfieber überstanden, ist aber noch immer im doktrischen Haus, wenn sie nicht unterweilen abgeholt worden ist.«

»Und wer sollt' sie denn abgeholt haben? Das müßt' ja ich sein. Aber Jessas na! Vor Gericht steht sie, sagt Ihr. Man wird doch nicht meinen, daß die auf ihr Kind nicht recht geschaut hätt'.«

»Und doch ist's so, Frau Mutter! Und das Garstigste denkt man von ihr; eine ... Kindesmörderin heißt's, ist sie.«

»Das ist nicht möglich!« rief die alte Frau aufspringend, so daß vom Schrei die weite Stube widerhallte. Erregt schritt sie auf und nieder, und ein übers andere Mal sagte sie vor sich hin: »Ein Unglück muß geschehen sein ... ein großes Unglück ... arme, arme Marie!«

Und sich gegen den Langen kehrend, fügte sie hinzu: »Und Ihn mag ich schon gar nimmer anschauen. Daß auch Er so was glauben kann, ist zu dumm! Ihm hätt' ich doch auch ein Herz zugetraut für sie. Aber euch Fuhrleuten kann man jeden Bären aufbinden.«

»Ich hab' mir auch keinen guten Botenlohn verhofft,« antwortete Veit ruhig. »Ich verdenk's der Frau Mutter nicht, wenn Sie sich angegriffen fühlt von der Geschicht'! Ich selber trag' sie schon lang' mit mir herum, und es ist mir doch hart angekommen, herauszurücken damit. Wenn's wo brennt, der Feuerreiter kann nichts dafür.«

»Ihr habt recht, Veit,« sagte die Wirtin, leicht beschwichtigt, »und es ist eh besser, wir überlegen, ob sich nicht doch noch was tun läßt fürs unglückliche Ding.«

Sie setzte sich wieder zum Langen und der mußte von neuem anheben, jetzt das und dann jenes umständlicher erzählen. Die Kerze brannte tief und tiefer herab, die beiden saßen aber noch immer beisammen. Endlich erhob sich die alte Frau, indem sie bemerkte: »Mit dem Schlaf ist's heut' wohl vorbei; aber vielleicht kommt uns ein guter Einfall, und der wär' g'rad nicht der schlechteste Ruhestörer. Ihr fahrt doch nicht früher ab, Veit, als bis ich morgen auf bin?«

Der Fuhrmann hatte heute nicht bei seinen Rössern Nachschau gehalten.

Am nächsten Morgen saß der lange Veit beim Frühstück, als die Küchentür aufging und die Frau Groggerin mit einem glücklichen Gesichte eintrat.

»Ich habe nichts Rechtes geträumt,« rief er ihr kleinlaut entgegen; »früherer Zeit ist's anders gewesen, aber jetzt hab' ich auch im Traume nur mehr mit meinen Schimmeln zu tun.«

»Wohl bekomm's ihnen,« erwiderte die Wirtin aufgeräumt. »Mir ist im bekümmerten Halbdusel vorgekommen, das draußige Gericht hätt' zu mir um eine *Nachfrag'* geschickt vonwegen der armen Marie.«

»Um eine Nachfrag' wie beim Dienstbotenwechsel?«

»Ja, könnt' eine solche das Gericht nicht auch brauchen, eh's von einem verlassenen Menschenkind das Schlechteste denkt?«

»Ich versteh'; die Frau Mutter meint, wenn sie in Judenburg draußen wüßten, wie brav sich die Marie von Jugend auf gehalten hat und daß sie gegen eine unschuldige Kreatur nicht einmal einen Finger rühren, geschweig' denn die Hand hätt' aufheben können, dann möchten sie ihr so was Schreckliches nicht zutrauen; denn der Mensch wird doch nicht leicht von heut' auf morgen ein wildes Vieh.«

»Getroffen, Veit! Und wo wär' denn so eine Nachfrage für die Marie besser zu erfragen, als bei ihrer Godl, die das Waiserl auferzogen und nicht von ihrer Seiten gelassen hat all' die Jahr' her?«

»Das ist wieder wahr, und die Frau Mutter tät' sicher ein gutes Werk mehr, wenn sie den Judenburger Herren schreiben ließe, was Sie denkt und was Sie hält von der Dirn.«

»Schreiben? Ich wüßte keinen, der mir's recht machte hier herum ... ich fahr'.«

»Nach Judenburg? Die Frau Mutter selber? Möcht' ich doch gleich, daß meine Schimmel Flügel hätten und mein schwerer Kasten ein Kogelwagen wär'!«

»Laßt's gut sein, Veit! Mein Bräunl richtet's auch, und den graubärtigen Sepp wird's freuen, wieder einmal weiter zu kommen als nach Wolfsberg ... er fährt gut.«

»Und soweit wär' auch alles gut; aber für unsereins wenigstens ist mit gelehrten Herren nicht gut Kirschen essen.«

»Meint Er, ich verlass' mich auf mein Mundstück allein? Einen Versuch ist dasselbe wohl immerhin wert, für eine rechtschaffene Sach'. Aber besser ist besser. Ich habe ja auch einen Vetter draußen; der setzt mir im Notfall schon was Tüchtiges auf. Ihr wißt es eh: von der Vogelbräuerin der Sohn ist's ... schon ein gar hochgestellter Herr ... Herr Rat sagt man zu ihm schon seit Jahren.«

»Der in Judenburg? Darauf hätt' wohl auch ich verfallen sollen, und es wär' dann vielleicht gar nicht soweit gekommen.«

»Neidhammel, will Er mir die Freud' verderben? ... Und wo fährt Er denn hin, abwärts oder aufwärts?«

»Tiefer ins Land, Draußen auf dem Murboden wär' ich jetzt ja rein überflüssig.«

Dieses Gespräch hatte eine andere Farbe als das vom Abend zuvor; Hoffnungsschimmer durchzog es, und rückwirkend hellte derselbe die Gemüter auf. Während für beide Teile gesondert eingespannt wurde, ließ sich zusammen noch manches plaudern. So erzählte der lange Veit denn auch von seinem Zusammentreffen mit dem Kohlschreiber im kleinen Dreikönigswirtshause. Er malte die Geschichte nicht übel aus, so daß der würdigen Frau Grogger das

Lachen ankam. Aber schon drängte sich wieder der Ernst vor und sie bemerkte:

»Daß denn dieser Bruder Liederlich gar nicht gut tun will! Schad' ist's um ihn, denn in seinen anderen Sachen ist er sonst recht geschickt und verläßlich. Wenn er's so fort macht, richten ihn die Menscher noch ganz zugrund! Sicherlich ist er's auch, der die arme Marie ins Unglück gebracht hat ... wie er's angestellt hat, kann ich mir freilich nicht denken. Bei *der* hat's viel gebraucht! ... Also zum Dreikönigwirt heißt's, wo's glührote Gesichter abgesetzt hat? Ich will mir diese Resi im Vorbeifahren ein wenig anschauen, aber erst, wenn ich was ausgerichtet hab' beim Gericht.«

So trennte man sich; Veit lenkte nach Wolfsberg und weiterhin ab, die Wirtin aber bestieg nach einer Weile ihre Kalesche, sauber und warm gekleidet. Sie brauchte keinen unnötigen Staat; auf und auf bis weit ins Steirische hinein ist sie bekannt, und daß sie ein schönes Anwesen beisammen hat, daß sie gut haust, weiß man nicht minder.

Als das leichte Wägelchen tiefer in den Graben gelangte, wehte der rüstigen Alten von der Lavant her eine kühle Lust zu und ein dünner, aber feuchtfrostiger Nebel machte sich fühlbar, Grund genug, daß sich die alte Frau ins Umhängtuch schmiegte. Sie tat's unbewußt. Plötzlich aber rief sie:

»Halt, Sepp, und kehr um, aber gleich!«

Sepp gehorchte und schwieg, verwunderte sich aber nicht wenig und mochte sich denken: Was ist denn *der* wieder durch den Kopf gefahren?

Fragende Blicke gab's auch, als das Wägelchen so bald wieder daheim hielt.

Die Wirtin kümmerte sich aber nicht darum, sondern stieg eilends in die Mägdekammer hinauf, riß da die Lade auf, in welcher wohlgeordnet der fernen Marie Siebensachen beisammen lagen, und raffte daraus das Weichste und Wärmste an sich.

Dann atmete sie befriedigt auf, indem sie wie sich selber auszankend bemerkte:

»Daß man nur so gedankenlos sein kann! Ich hülle mich ein, als ging' es ins Bärenland, und die Unglückliche sitzt vielleicht schon in der kalten, feuchten ›Keuche‹ und hat nichts als ihr Sonntagsgewandl.«

Mit dem Bündel stieg sie wieder ins kleine Gefährte und das Rößlein davor war redlich beflissen, das Versäumte einzubringen; im garstigen Graben aber wollte es der Frau Groggerin jetzt besser gefallen als zuvor.

Einiges Aufsehen mußte die Fahrt immerhin erregen. Was will die Gertrauderin im steirischen Oberland? Hat sie nicht alles, was sie braucht, im gesegneten Lavanttal näher und besser zur Hand?

Derlei Fragen ließen sich voraussehen, und die alte Frau hatte Zeit, auf eine schickliche Antwort zu denken. Sie konnte den Herrn Rat Vogel, ihren Vetter, ausspielen, und das war ein Brocken für die gröbste Neugierde. Daß besagter Vogel kürzlich Witwer geworden, war ein Umstand mehr, der sich gut ausnahm, und mit Familienandeutungen kann man recht geheimnisvoll tun.

Nur mit der armen Marie und deren trauriger Wallfahrt wollte die Groggerin nicht gern aufwarten; und doch war vielleicht das ganze Tal voll davon. Da war guter Rat teuer; lügen taugt nichts, prahlen mit seinem eigenen Herzen mag man nicht, und eine feine Ausrede stellt sich selten zur rechten Zeit ein.

Die brave Frau brauchte aber nicht viel zu bangen. Nur die geschäftige Dachswirtin, die, wenn sie einen kärntnerischen Schrei ausstößt, aus dem Wald eine steirische Antwort erhält, machte eine Anspielung auf die Dirn, und selbst dieser Schuß ging fehl; sie sagte nämlich: »Die Frau Groggerin hat's freilich leicht; alle Wochen einmal könnt' sie ausfahren bei der Überhilf', die sie daheim zurückläßt. Unsereins muß sich alleweil selber plagen ... Sie hat doch noch die saubere Marie?«

So die Dachswirtin; und die Gertrauderin darauf: »Ja, *diese* Dirn wegzugeben, hätt' mir noch keinen Augenblick einfallen können; aber von der Frau Dachswirtin weiß man wohl, daß sie lieber noch ein übriges Mal selber nachschaut, als sich auf fremde Augen verläßt ... 's ist eh das Bessere.«

So darf man schon ausweichen; denn von einer, die man gern hat, und die selber durchgegangen ist, läßt sich immerhin sagen, daß man sie nicht weggegeben hätte. Und selbst darüber, daß sogar die Dachswirtin an der Straße nicht wußte, was mittlerweile mit der sauberen Marie vorgefallen, braucht man sich nicht zu verwundern; denn in der damaligen Zeit hätte die eine Provinz schlafen und laut schnarchen können, die daneben gebettete würde vielleicht nichts gehört haben davon.

In Judenburg kehrte die Gertrauder Wirtin beim Reuschl ein. Dieses Wirtshaus war zugleich Brauerei und hatte die Post. An der freien Mauerecke kam das Stadtwahrzeichen, das grüne, steinerne Jüdel mit dem Spitzhütl und den eingestemmten Armen, zum Vorschein. Die vorderen Gastzimmer hatten den Platz und den darauf abgetrennt von der Kirche stehenden Turm vor sich. Vom letzteren hat ein hartnäckiger Junggesell seinerzeit gesungen:

> Z' Judenburg auf'n Platz
> Steat der Turm ganz alloan:
> Han die Rechte nöt g'fund'n,
> Will krat a so toan!

Es war spät geworden, als sie ankam, und an diesem Abend konnte die Frau Groggerin nichts Besseres mehr unternehmen, als nach einem gemütlichen »Plausch« mit den Wirtsleuten sich zeitlich zur Ruhe zu begeben und das Vorhaben noch einmal zu beschlafen. Sie wollte, wenn sie sich's auch nicht so genau sagte, in die Gerechtigkeit eingreifen, und das war immerhin ein heikeliges Geschäft; da war's geraten, den Kopf beisammen zu haben.

Fünftes Kapitel

Der Herr Rat und die Unterredung

Am nächsten Tag trug's die Gertrauderin mit ihrem ersten Gang darauf an, daß sie ihren Vetter, den Rat, noch ehe er sich ins Amt verfügte, in seiner Wohnung treffen konnte. Sie sahen sich gerne, die beiden Geschwisterkinder; sie achteten einander, aber von Zärtlichkeit war diese Zuneigung immer fern geblieben. Als sie aufwuchsen, war sie ein lebhaftes, empfindsames Ding, er aber über seine Jahre hinaus still und ernst. Nun waren beide alt geworden, ohne von ihrem ursprünglichen Wesen abgekommen zu sein. Sie war lange schon Witwe, wußte ihren Einzigen in der Fremde und versprach sich von ihm eine gute Stütze, einen umsichtigen Wirtschafter. Im Hause des Rates ging's früher gesellig her; wie sich der Vereinsamte fühlte, wollte die Groggerin bei ihrem jetzigen Besuche wahrnehmen.

Der Rat begrüßte die Verwandte freundlich: »Du hier?« sagte er; »es ist schön, daß du wieder einmal heraufkommst. Setze dich; ich habe noch einige Minuten Zeit. Du willst wohl nachschauen, wie's jetzt bei mir aussieht. Die Anna führt mir jetzt die Wirtschaft.«

»Hat sie noch immer nicht geheiratet?«

»Sie ist keine Schönheit, und daß sie zu sehr ihrem Vater nachgeraten, macht sie auch nicht liebenswürdiger.«

»Dann ist sie aber gut und rechtschaffen.«

»Von beiden Dingen hab' ich nicht mehr, als eben ein Jurist braucht. Dafür macht mir der Alois um so tollere Streiche; er ist schon wieder in Graz.«

»Ich dürft' eh nimmer du und Bub zu ihm sagen; und wie du gewesen bist, sind heutzutage die jungen Leut' selten mehr.«

»Du bist doch zu Mittag unser Gast? Oder wenn du warten willst, die Anna ist nur einkaufen gegangen.«

»Ich hätt' eh auch ein kleines Anliegen an den Herrn Rat; wegen der Marie Klöckl hätt' ich dich fragen mögen.«

»Soviel ich weiß, steht's nicht gar so schlimm um sie; der Aktuar scheint sich zwar in eine grimmige Ansicht verbissen zu haben, aber es kommt aufs Kollegium an und dieses dürfte dieselbe kaum teilen ... Kennst du sie denn?«

»Ob ich sie kenn'? Sie ist ja bei mir aufgewachsen, ihre Godl bin ich...«

»Die Frau Groggerin ist eine so gute Frau, daß einer dran zu tun hätte, sich alle ihre Tauf- und Firmkinder zu merken ... Soll ich mir die Akten kommen lassen?«

»Ich tu' keinen Schritt, stell' keine Bitt' und red' kein Wort für sie, solang' ich sie nicht selber gesehen und bei ja und nein herausgebracht hab', ob sie wirklich so schlecht ist ... Glauben tu' ich's nicht, und deswegen bin ich da.«

»Du willst also eine Unterredung mit ihr? Nichts leichter als das; ich erwirke euch eine Stunde Zeit hiezu.«

»Wird nicht so viel hiezu nötig sein.«

»Ich kenne das; sobald ihr ins Reden geratet, vergeßt ihr Zeit und Ort. Und komm gleich mit; der Amtsdiener soll dich zur Arrestantin führen.«

»Ich möcht' aber früher noch was aus dem Gasthaus holen.«

»Dahin kann er dich begleiten.«

»Und muß er dabei sein, wenn ich ihr ins Gewissen red'?«

»Er hat stumm zu sein, hat aber Ohren; drum seht euch vor.«

Der pflichteifrige Beamte hatte sich während der letzten Wechselworte bereits aufgemacht. Beide gingen mitsammen über die Straße; er eine hagere, gedankliche Gestalt mit grauem Schnurrbart und desgleichen kurzen Bartvorstößen von den Schläfen herab, nach dem Zuschnitte der amtlichen Welt in den ersten vierziger Jahren; die Landsmännin eine runde, rührige Alte, welcher Hausverstand und Güte aus den Augen guckten. Nahe Verwandte hätte nicht leicht jemand an ihnen vermutet.

Was die Groggerin zu holen hatte, war das Weiche und Warme, das sie selbst um den Preis, ein Stück Weges zweimal machen zu müssen, für die arme Marie hervorgesucht. Der Amtsdiener wollte ihr die Last abnehmen, sie aber antwortete: »Wär' nicht schlecht! *Die* hat für mich genug schon getragen, und völlig abrackern möcht' ich mich, könnt' ich ihr damit erleichtern, was sie noch zu tragen haben wird.«

Leute, die früher die Kärntnerin zur Seite des gestrengen, angesehenen Justizmannes gesehen hatten, konnten sich jetzt darüber verwundern, sie in der Begleitung des Amtsdieners mit einem Wanderbündel auf verlegenen Pfaden zu erblicken.

Gefängnisse sind leicht zu erkennen an der Einschicht, zu der sie ihre Umgebung stempeln, an den dicken Mauern und insbesondere an den kleinen Fenstern mit ihren Herrgottstrostfängern, Verschalungen, welche jedem Ausblick, jedem Hinausruf wehren, aber doch einen Strahl des himmlischen Gnadenlichtes auffangen und in die enge, dumpfe Zelle leiten.

Auch die Klöckl Marie ist nicht besser untergebracht, und sie war nun schon die eine und die andere Woche, Tag und Nacht in so lichtarmer, öder, harter Einsamkeit sich selbst überlassen. Sie brütete ihr Lebtag gern für sich hin, aber das war sonst nur an Feierabenden nach lustiger Arbeit. – Hier war der Feierabend ohne vorauserworbenes Anrecht, ohne Erquickung, ohne Ende. Sie mußte feiern, ihre Hände hatten nichts zu tun, ihre Aufmerksamkeit keinen festen Punkt, ihre Gedanken kein gegebenes Ziel. Sie wußte nichts anzufangen, weder mit sich noch mit der langen, langen Zeit.

Wenn sie auf und ab gehend ihre Schritte zählte, oder auf die fernen Glockenschläge achtete, oder den Wandel des Lichtstrahls verfolgte, der immer nur einen flüchtigen Gast abgab, oder sich das Geräusch, den vereinzelten Ruf, den ungewohnten Lärm draußen in den Straßen zu deuten suchte, so hatte sie alles getan, wozu der Tag und die Umgebung sie anregen konnte.

Für den Einsamen ist sonst die Phantasie eine Trösterin oder nach Umständen eine Hetzerin und Quälerin; doch auch ihre Macht hat eine Grenze, auch ihr Spuk kann ermatten. Die Gefangene hatte wachsende Verwirrung, jähen Schreck, Todesängste, helle Verzweiflung, schwindelnde Hoffnung und tiefste Enttäuschung vor kurzem, in rascher Folge an ihrem lebendigen Leib und Leben in einem so hohen Grade durchgemacht, daß gegenüber dieser grausamen Wirklichkeit die Einbildungskraft mit ihren Erinnerungsbildern, ihren Übertreibungen, ihren der Nacht entnommenen Schauern kläglich versagte; der regen Täuscherin stand das Nervenzittern, das Herzklopfen, der Pulsschlag und das überhitzte Hirn der Dulderin nicht zur Verfügung – das alles war gleichsam vom großen Schicksalsschlage her noch zu gedrückt, zu stumpf und fühllos.

Daher gedachte die arme Marie ihrer Schreckenstage nicht tiefer und nicht viel anders als mit einem dumpfen Erstaunen. Sie hatte eine Erinnerung daran, aber sie brachte keine nachfühlende Teilnahme dafür auf. Die Erlebnisse hatten sich mit den wesentlichsten Zügen ihr eingeprägt und danach erzählt sie dieselben auch; sie konnte mit ihren Angaben in keinen Widerspruch geraten.

Das war ihre Stärke den Verhören gegenüber. Erst wenn ihr zugemutet wurde, was sie nicht getan, nicht empfunden, was nicht geschehen, trat sie aus ihrem Gleichmut heraus und widersprach lebhaft.

Also die grause Vergangenheit selbst gereichte der Verlassenen nicht zu sonderlicher Qual; ihretwegen hätte sie ruhig schlafen können. Was ihr den Schlaf raubte, war das endlose Müßigsein, das notgezwungene, und der Frost, dessen sie sich oft kaum zu erwehren vermochte.

Doch ja, auch Gewissensbisse fühlte sie, sogar die heftigsten und bittersten. Sie leitete dieselben aber nicht von der jüngsten trüben Vergangenheit, sondern aus den Dämmerungstagen der Kindheit her. Sie wußte sich schuldig, seit sie dachte, wenn ihr diese Schuld auch erst durch die schweren Heimsuchungen so recht zum Bewußtsein gekommen. Auch diese frühe, ursprüngliche Schuld ging auf ein totes Wesen zurück, dieses war aber keineswegs das tote Kind; sie hatte überhaupt mit den laufenden Wirrnissen nichts gemein, und es lag ihr rein gar nichts Tatsächliches zugrunde.

Gleichwohl glaubte sie an diese Schuld und einzig nur an diese. In ihr erblickte sie die Wurzel ihres ganzen heillosen Geschickes; ihretwegen hielt sie sich für schlecht und verworfen, ihretwegen freute sie das Leben nicht mehr und sehnte sie sich nach einem baldigen, wenn auch noch so grausamen Ende. Und was sie besonders drückte, niemand fragte sie nach dieser Schuld, weder der Richter, noch der Beichtvater, niemand zeigte ein Verständnis dafür, keiner trauten Seele konnte sie dieselbe bekennen; sie mußte sich allein mit ihr herumtragen und wußte nicht einmal einen Namen dafür. Es ward ihr nur so unendlich schwer ums Herz, wenn sie an diesem, nur ihr fühlbaren, für andere unsichtbaren Faden all ihr Ungemach aneinanderreihte. Dann nickte sie so vor sich hin, als wäre ihr das Verständnis für ihr ganzes Leben aufgegangen, und dann weinte sie, bis ihr die Augen weiteres Naß versagten.

War der liebe Sonnenstrahl zu Gast, dann versetzte sie sich am liebsten nach St. Gertraud zurück. Dort nahm sie im Geiste ihre Tätigkeit wieder auf, sich vergegenwärtigend, wo und wie alles liegt und steht, aller kleinen Ereignisse und Vorfälle gedenkend, welche Abwechslung in die einförmigen, aber doch nicht leeren Tage gebracht, und mit den wunderlichen Gestalten umspringend, die zu Scherz und Ernst Anlaß gegeben. Sie konnte sich dabei wieder jung, kindlich und harmlos fühlen, bis die Schatten näher rückten, in die sie dann befremdet starrte. Wie gern hätte sie der guten Frau Mutter Nachricht zukommen lassen, sie um Verzeihung bittend; aber war denn in *ein* Wort zu fassen, was sie ihr zu sagen hatte, und wer sollte der Fernen dasselbe so warm und innig überbringen, als sie es fühlte?

Auch in das Haus des Bezirksarztes dachte sie sich gern zurück, aber ohne Heimgefühl. Das war gleichsam ein schöner Garten, in welchen sie von ungefähr geraten war, der sich ihr aber nicht zum zweiten Male öffnen würde; das war ein Traum von anderer, milderer, lieblicherer Gegend, welche ihr Fuß nur einmal und nicht wieder betreten sollte.

Desto häufiger betete sie für die Guttäter in diesem Hause. Sie betete überhaupt oft und gern, aus Andacht, Verlassenheit und aus Langerweile. Doch wenn sie merkte, daß ihre Lippen sinnlos zu lallen begannen, schämte und ärgerte sie sich.

Beschränkt war ihr Gedanken-, zum Teile dumpf ihr Gemütsleben; aber die Zeit, die Langeweile, das Müßigsein unendlich. Wenn sie die Geduld verlor, wenn ihr Zornestränen kamen, so war zumeist diese Öde des Daseins daran schuld. Andere durchleben die Untersuchungs- und die Schuldhaft verschieden: erstere unter Furcht und Hoffnung, letztere im Stumpfsinn, bis sich's wieder lohnt, die Tage zu zählen. Die Gertrauder Marie kannte diesen Unterschied nicht; sie dachte sich die Hölle als einen endlos quälenden

Müßiggang; und das Zähneklappern hatte sie nun auch schon verkostet.

Als die Gefangene zu ungewohnter Stunde, so bald nach dem amtlichen Morgenbesuch, den Schlüssel im Türschloß kreischen hörte, sprang sie von der harten Lagerstätte auf, als gewärtige sie abermals zum Verhör geholt zu werden; es hätte ihr keinen Verdruß bereitet, wieder ein bißchen ins Freie zu kommen und sich mit dem »giftigen« Männlein von einem Aktuar eine Zeitlang herumzuzanken. Sie tat aber einen Freudenschrei, wie eines solchen sie sich am allerwenigsten selbst mehr fähig gehalten, als sie leibhaftig die Frau Groggerin eintreten sah. Da war keine Täuschung möglich trotz des ärmlichen Zwielichtes; sie kannte zu wohl diese rührende Gestalt.

»Wie, die Frau Mutter, Sie hier? Sie selber? Und Ihr kommt, Euere ungeratene Marie heimzusuchen? Jetzt glaub' ich, daß mich der Himmel noch nicht ganz verlassen hat, und *die* Gnad' hätt' ich mir nicht mehr verhofft. Wie hat Euch denn eine solche Guttat einfallen können? Und ich muß der Frau Mutter völlig die Hand' und die müden Fuß' küssen.«

»Steh auf, dumm's Ding übereinand! Ich bin ja gefahren. Weißt eh, unser Bräunl zieht gut ... Und trag Er's nur herein, Mann! ... Ich hätt's nicht durchdringen können, so eng ist deine Tür. Wirst es gut brauchen können, was ich dir mitgebracht hab' ... nichts Meiniges; gehört eh alles dein und ein bißchen eine Unordnung wird jetzt sein in deiner Lad' ... ist mir im letzten Augenblick erst eingefallen, daß du's schon kalt haben könntest heroben .... So schau doch her, wo hast denn deine Augen? Ich werde doch nicht schöner geworden sein seit der Zeit. Da ist dein Umhängtuch, und da der Winterspenser, der warme, und die Unterröcke sind von den dichtesten, die du hast ... Wirst alles brauchen können, denn gar freundlich hast du's grad nicht hier.«

»Aber, Frau Mutter, das ist ja alles nichts dagegen! Daß ich Euch wiederseh', daß ich Euch hab' für ein gutes Stündl, daß ich Euch allen Verdruß, den ich Euch verursacht hab', abbitten kann, das ist ja so viel Glück, daß ich mich vor Freud' gar nimmer auskenn'! Und ich hab' so viel auf dem Herzen, das ich keinem anderen Menschen auf der weiten Welt als nur der guten Frau Mutter anvertrauen möcht'. Aber wollt Ihr euch nicht niedersetzen? ... müßt halt glauben, daß es die harte Ofenbank ist.«

»Komm lieber besser zum Licht her, daß ich dich ordentlich anschauen kann. Ein bißchen bleich und völlig vornehm siehst du aus ... ich mein' schon, es hat dich ein wenig hergenommen, das alles. Aber dein liebes, gutes Gesicht ist's halt doch noch! Und jetzt darfst du deiner alten Godl ein Bußl geben, weißt, wie allemal, wenn du mich zu meinem Namenstag schön angratuliert hast.«

»Wie gut die Frau Mutter ist! Es kann ja doch nimmer werden, wie's früher gewesen ist.«

»Zum Verzagen ist noch immer Zeit.«

»Ja, die Frau Mutter fragt ja nicht einmal, wer ich jetzt bin und wo ich jetzt bin; eine Kindesmörderin, heißt's, bin ich, und die Wallfahrt hätt' ich nur so zum Schein gemacht, um den Leuten einen Sand in die Augen zu streuen. So will's der Herr Aktuar aus mir herausbringen; ich kann ihm aber diesen Gefallen nicht tun, so wenig mir auch sonst liegt am Leben.«

»Ja, wenn du mir selber die Red' leicht machst, will ich dich allerdings fragen, wie nur eine Mutter fragen kann ...« Und die alte Frau faßte das unglückliche Mädchen bei den Armen und sah ihr mit ihren guten grauen Augen lange ins Gesicht; dann fuhr sie fort: »Gelt, meine liebe Marie! gelt, du lügst mich nicht an; gelt, du hast ja eh niemanden auf der Welt, der dich lieber hätt' als ich ... und nun sag mir's, wie du's ja immer gleich eingestanden hast, wenn du etwas – 's ist eh nur immer eine Kleinigkeit gewesen – angestellt hast gehabt: gelt, meine liebe Dirn, du bist nicht schlecht, du hast dich an deinem eigenen Kind nicht vergriffen?«

»Nein, Frau Mutter, das nicht!« antwortete die Marie schlicht; »ganz gewiß auch noch, das nicht! Ich tät' auf mein Kleines rechtschaffen schaun, wenn's am Leben geblieben wär'. Aber so viel ungeschickt bin ich gewesen, und nicht recht ausgekannt hab' ich mich, und halt gar so viel gach ist die Schwäch' über mich gekommen. Ich will Euch das alles erzählen, wenn ich einmal vom Herzen hab', was mich mehr drückt als alles andere. Schlecht bin ich halt doch, Frau Mutter! Ja schlecht, und deswegen hat mich Gott verlassen, deswegen hat mich die Muttergottes von Buch nicht erhört, deswegen ist Schand' und Elend über mich gekommen und deswegen ist's am besten, wenn's bald aus ist mit mir.«

»Du erschreckst mich ja völlig, närrische Dirn!« fuhr die Groggerin dazwischen, ungewiß, was sie von dieser Selbstanklage zu halten habe. »Wenn du dem Kind nichts getan hast, dann ist ja leicht ›Modi‹ gemacht und kann ein altes schwaches Weib für einen guten Ausgang stehen.«

»Jetzt muß Sie sich halt doch setzen, die gute Frau Mutter, wenn nicht auch Sie mich ungehörterweis' verstoßen will. Ich trag's schon lang' mit mir herum und hart zusammenzustellen ist's. Aber wahr ist's, von da an schon bin ich ein verlassenes, gestraftes Ding gewesen. Und von dem allem wär' nichts über mich gekommen, wenn ich mich dreinfinden hätt' können, ein lediges Kind zu sein.«

»Aber Marie, was redest du denn da zusammen?« drängte die Groggerin ungeduldig. »Fang einmal an, aber nicht von Adam und Eva, von denen aus wir alle elende sündhafte Menschen sind. Also kein lediges Kind hättest du sein mögen? Ja, kannst du denn selber was dafür? Und hab' ich dir's je fühlen lassen?«

»Das gewiß nicht; viel zu gut ist die Frau Mutter alleweil gewesen gegen mich. Gewußt hab' ich's aber dennoch wohl, wo ich hingehöre. Und daß ich gleich sage, was mich schon geärgert und 'kränkt hat, kaum daß ich angefangen hab' zu denken: meine Mutter, Gott tröst' sie – hab' ich nie recht leiden mögen; ich hab' ihr's nicht verzeihen können, daß sie mich ledigerweis' auf die Welt gesetzt hat, und es ist mir so vorgekommen, wenn eins schon selber schlecht d'ran ist, sollt' es nicht noch ein anderes unglücklich machen. Ein so boshaftes Mädel bin ich gewesen, Ihr wißt es eh noch, Frau Mutter! Und alles besser hab' ich verstehen wollen! Dann, wie ich in die Schul' gegangen bin, hab' ich einen ordentlichen Neid gehabt auf jede Kameradin, von der man gewußt hat, wer der Vater und wer die Mutter ist, und wo sie daheim ist. So gut ich's gehabt hab' bei Euch, Frau Mutter! – eine arme Keuschlerstochter wär' ich lieber gewesen; ich sag's wie's wahr ist, wenn's auch eine Schand' ist; denn ich hätt' Gott danken sollen, daß eine so mitleidige Seel' sich meiner angenommen. Drauf ist die Zeit gekommen, wo ich bei jeder Hochzeit hab' sein müssen; völlig verschaun hab' ich mich dabei können, und für mich ist nichts Schöneres auf der Welt gewesen. Es ist eigentlich zum Lachen: alleweil dasselbe und ich alleweil dabei, und alleweil mit dem heimlichen Wunsch, daß ich die Hauptperson hätt' sein mögen – als ob ein's alle Fingerlang wieder hochzeiten könnt'! Weiß die Frau Mutter noch von damals, wie der Herr Lehrer geheiratet hat? Auftragen helfen hätt' ich sollen; ich bin aber bei der Saaltür stehen blieben, und vom weißen Kleidl, von der Kron' und von den schönen Blumen der Braut hab' ich meine Augen nicht wegbringen können.«

»Ja, meine arme Marie! Ausgemacht hab' ich dich damals und ein verrücktes, ein dummes Ding geheißen, das wie eine Kuh in ein neues Tor dreinschaut; es ist ja soviel genötig hergegangen damals.«

»Und recht wär' mir geschehen, wenn mich die Frau Mutter abgedroschen hätt'; denn damals hab' ich mir vorgenommen: ledig bleiben auf keine Weis', und ein lediges Kind kriegen schon gar nicht, um alles in der Welt nicht! Solch ein Vornehmen wär' so übel nicht gewesen, aber es ist halt auch gleich der Stolz, der Hochmut dazugekommen, und warum das? Weil ich meine arme Mutter – Gott tröst' sie – verachtet hab' gehabt ... Die Buben haben mir nicht ankönnen, und ich hab' für besser gegolten, als ich gewesen bin. Dem einen, dem Kohlschreiber, muß es aber wegen meines Neides und wegen der sündhaften Gedanken, die meiner armen Mutter noch im Grab keine Ruhe gelassen, rein der Teufel eingegeben haben: daß er gleich vom Heiraten anhebt!«

»Ich hab' mir's gleich gedacht,« rief die Alte dazwischen, mit dem Kopfe nickend.

»Und wie er gestellt war,« fuhr die Gefangene fort, »hätt' er auch gleich heiraten können; und gern gesehen hab' ich ihn – ich kann's heut' noch nicht leugnen; und daß ein Mensch mit dem Heiligsten könnt' Schindluder treiben, hab' ich mir in meiner Verblendung nicht denken können. Heiraten! Das Wort hören und außer mir sein, ist eins gewesen. Ich hätte singen und springen können vor lauter Freud', und wenn ich einmal lustig und närrisch bin gewesen, hat's alleweil ausgegeben, hab' ich mich alleweil nicht recht ausgekannt: das weiß die Frau Mutter ohnedies. Und so hat er mich drangekriegt ...«

Die Marie schwieg, seufzend, den Blick in den Schoß gesenkt, den auch einzelne große Tränenperlen netzten.

»Ich hab' mir's eh gleich gedacht,« wiederholte die Groggerin verlegenheitshalber. Sie hatte sich mit ihren Gedanken, ihrem Mitgefühl ganz den Bekenntnissen des Mädchens hingegeben; sie kannte die seltsamen Seiten desselben und konnte die Selbstanklage nicht für ganz grundlos halten; sie hatte dabei nicht acht, daß ihr Schütling unter einer weitaus schwereren Anklage stand und daß, was sie umgab, ein hartes Gefängnis war.

Das Mädchen aber sprang auf und fuhr erregt fort:

»Und da sollt' eins nicht schlecht sein? Da sollt' ein anderes noch Mitleid haben mit mir? Ich habe schlecht von meiner Mutter gedacht und deshalb hat mich ein schlechter Mensch bei meinem Übermut packen können. Und hätt' ich nichts zu verschweigen gehabt, Frau Mutter, so lebte das Kind noch; und ich hätt' bei der Muttergottes keine Fehlbitte getan, mit was immer ich ihr hätt' kommen mögen; und ich wär' nicht krank geworden; und ich säß' nicht hier ... o du gerechter Gott!«

»Kind, was zuviel ist, ist zuviel!« wehrte die Groggerin, welche sich mittlerweile gefaßt hatte und wieder den ruhigen Überblick gewann. »Ein jeder Mensch hat einen dunklen Winkel im Herzen, in den nicht gut schauen ist. Es ist recht, wenn man hie und da hineinguckt, aber kleinmütig werden darf man deswegen nicht. Der Kleinmut macht einen nicht besser. Alles, was du mir da gesagt hast, gehört in den Beichtstuhl, gehört an die Brust einer mütterlichen Freundin, aber nicht vors Gericht. Sei zufrieden, daß dir *dieses* nicht zu viel anhaben kann ... ich bin's auch. Beruhige dich! Das zaghafte Gewissen macht dir keine Schand, aber du darfst ihm nicht zu viel nachgeben. Dein Mütterl müßte sich ja im Grab umkehren, wenn du dich so weiter um sie grämtest. Sie ist eine gute Haut gewesen ... du hast sie ja kaum gekannt; so früh hat sie sterben müssen. Sie hat halt keine Heimat haben *können*; aber kein Mensch hat's ihr nachtragen, daß sie ein gutes, schreckhaftes Kind hinterlassen hat ... Ja, jetzt hab' und kenn' ich dich wieder ganz, und solang' mir die Augen offen stehen, sollst du meine gute und liebe Marie bleiben!«

Diese Worte beruhigten wirklich. Die Gefangene weinte zum ersten Male lindernde, glückliche Tränen. Immer wieder umarmte und küßte sie dankbar-innig die edle Freundin, in deren Erfahrung und

Überlegenheit sie Vertrauen setzen mußte. Auch die alte Frau konnte sich der Rührung nicht erwehren, und sie tat ihr wohl.

Als der Wächter meldete, daß die Stunde abgelaufen, deuchte es beiden Frauen viel zu früh.

»Ich bleibe noch einen Tag, ich komme morgen wieder,« flüsterte die gute Alte ihrem Liebling tröstend zu ... »Dann erzählst du mir von deiner schweren Stunde, und wie du denn doch noch die Wallfahrt vermocht hast ... aber ruhig, wir dürfen's ja sein.«

Als sich gegen Mittag die Frau Groggerin bei ihrem Vetter einfand, begrüßte sie dieser mit der Frage: »Bist du zufrieden mit deinem Besuche?«

»O mehr als das, Herr Vetter! Mußt mir wohl noch ein Stündl auswirken; und wenn du sie nur kennen lernen wolltest, du tätest gern etwas für meine liebe Marie. Ist's doch, als ob sie mir neu geschenkt worden wär'! Ich hab' mir's aber auch gleich gedacht ...«

»Nach Tische!« fiel hemmend der Herr Rat ein; »wenn's dir recht ist, setzen wir uns dann eigens hiefür zusammen. Jetzt laß dich, so gut es geht, von meiner Anna unterhalten und tu ihrer Küche die Ehr' an.«

Fräulein Anna glich dem Vater; sie war ein weiblicher Abklatsch desselben nicht bloß der Gestalt und den Gesichtszügen nach, sondern auch, was dessen geistiges Wesen anbelangt. Sie war aufmerksam gegen ihre Tante; sie erkundigte sich nach dieser und jener Sache ohne Aufdringlichkeit oder Vorwitz, also auch nach dem fernen Vetter, nach dem Haushalt in St. Gertraud, nach dem schönen Lavanttale und was es da Neues gebe. Sie verstand zuzuhören und selber das Wort zu führen. Alles war an ihr gescheit, aber auch nüchtern und reizlos.

Die alte Frau lobte, was zu loben war: die schöne Wohnung, und wie da alles an seinem Platze sei, die feine Zubereitung des Aufgetischten, und von dieser köstlichen Mehlspeise müsse sie sich von ihrer Fräulein Nichte eine Abschrift erbitten; und dem künftigen Herrn Gemahl sei Glück zu wünschen zu einer solchen Hausfrau, meinte sie. Fräulein Anna errötete nicht einmal.

Die Frau Groggerin machte sich dann insgeheim auch ihre eigenen Gedanken: Die muß schon, noch eh' sie Zähn' gekriegt, in einen sauren Apfel gebissen haben! Da ist ja selbst noch der Herr Vater gemütlicher. Seltsam, ihre Mutter ist so schön gewesen; und ich könnt' sie nicht gern haben, eine so nahe Verwandte sie mir auch ist, und wenn ich sie auch schandenhalber einladen muß, wieder einmal zu mir herabzukommen. Ja, ja, ihr Künftiger müßt' einen eigenen Geschmack haben, und »übertragen« ist sie ohnehin auch schon.

Und ihre Gedanken schweiften von dem verständigen Fräulein, von der Tochter eines hochachtbaren Mannes, von ihrer Verwandten hinweg zu einer Gefallenen, zu einer unter peinlicher Anklage stehenden Gefangenen, zur Marie, die nicht viel mehr als ein Findling war in ihrem Hause, aber ihrem Herzen um so näher stand. Ja, wenn *die* mit zu Tische gewesen wäre, Sonnenschein hätt' es gegeben!

Als das Mahl beendet war, begab sich der Rat in sein Schreibzimmer, und nachdem er darin ein paarmal auf und ab gegangen, lud er seine Cousine zu sich und sagte: »Da setz dich, gute Alte, und erzähl mir haarklein, wie du ihr, der Maria Klöckl, zugeredet und was du aus ihr herausgebracht hast.«

Dazu ließ sich die Frau Groggerin nicht zweimal mahnen; im Nu waren die Schleusen geöffnet, und was sie vorbrachte, ging der Eifrigen sichtlich von Herzen.

Darum mußte der Gestrenge dem Redefluß auch Einhalt tun, und mit seinem gewohnten Ernst erkundigte er sich bald nach diesem, bald nach jenem näher, durch Zwischenfragen, die einem Verhöre Ehre gemacht hätten.

»Und schreibst du denn auf, was ich dir da erzähl'?« fragte die alte Frau erstaunt.

»Laß dich das nicht beirren. Wir müssen alles schriftlich haben ... fahr fort.«

»Wenn ich wüßt', wo ich geblieben bin? Ja so ...« Und sie erzählte weiter, aber merklich abgekühlt; ihr gefiel nicht, daß der trockene Mensch gleich ein Schreibens daraus machte.

Und wieder die scharfen Zwischenreden, wo ohnehin alles klar war!

Die Alte mußte sich förmlich zusammennehmen; der Schweiß trat ihr auf die Stirn und schier unheimlich wurde ihr die Unterhaltung mit dem Hageren, der ganz den Herrn Rat hervorkehrte und so gar nichts mehr vom Vetter an sich hatte.

»Bist du fertig,« fragte dieser.

»Fertig, nun ja! Ich hätt' zwar viel noch zu sagen, aber ihr vom Gericht seid ganz eigene Leute.«

»Dann merk auf!« Und er las ihr ein kurzes Konzept vor! »Wenn du's richtig findest, so unterschreib es.«

»Richtig ja; aber ich hab' ja viel mehr gesagt. Wenn ich schon so unartig sein darf, viel zu wenig steht auf deinem Papier.«

»Tröst dich; für uns genug. Und da ich in deine Besonnenheit und Rechtschaffenheit …«

»Na, ich bitt' schön, Herr Vetter!«

»… keinen Zweifel setzen kann, so ergibt sich daraus ein für die Angeklagte wertvolles Leumundszeugnis, sowie mancher Anhaltspunkt zur richtigeren Beurteilung ihres Wesens.«

»Und das ist alles, was du für sie tun kannst?«

»Jawohl,« sagte der Ernste; selbst er konnte ein Lächeln nicht unterdrücken. »Und wie ich glaube, habe ich damit deinen und ihren Dank verdient.«

»Das mußt du besser verstehen. Ich hätt' halt gemeint, du würdest jetzt hingehen und den aufsässigen Aktuar bei der Kappen nehmen. Aber vielleicht gibt's eh' mehr aus, wenn er's schriftlich kriegt. Und nun, wenn ich was ausgerichtet hab' bei dir, dann bedank' ich mich schön.«

»Du mißtraust mir noch immer?«

»Das nicht; ich denk' nur darüber nach, wie so ein Federstrich einen unglücklich machen und auch wieder retten kann.«

»Wenn du noch länger verweilst, kommst du doch morgen wieder zu Tisch?«

»Gern, Vetter! Aber der Herr Rat soll mich nicht wieder drankriegen.«

»Wieso denn?«

»Du hast mir ja zugesetzt, als sollt' ich selbst auch ins Kriminal .... Kopfweh hab' ich!«

Und damit empfahl sich das rührige Mütterlein.

Sechstes Kapitel

Wieder vor der Muttergottes in Maria-Buch

Im strafgerichtlichen Verfahren gegen die Klöckl Marie trat bald danach eine Beschleunigung und Wendung zum Besseren ein. Die Verhöre hatten ein Ende und die Anklage wurde fertig gestellt.

Dieselbe deutete mit viel Geist die Handlungsweise der Kärntnerin als eine verbrecherische, und danach lautete auch der Strafantrag auf langjährigen schweren Kerker.

Das Kollegium verwarf diese gestelzte Ansicht; es konnte den Tatbestand eines Verbrechens nicht für gegeben erkennen. Damit war für die junge Büßerin schon viel gewonnen; nicht die Hölle sollte sich ihr auftun, sondern nur noch ein bißchen Fegefeuer hatte sie zu bestehen. Und dasselbe ließ kein unauslöschliches Brandmal zurück; die Gereinigte konnte dann wieder mutig unter die Leute treten und Ehre erwerben.

Der Einzelrichter, welcher schließlich die Sache zur Aburteilung bekam, rechnete nicht nur die Untersuchungshaft, sondern auch die lange Krankheit der Marie in ihre Strafdauer ein; hatte doch während dieser Leidenszeit schon der Herr Aktuar seine Fangarme da- und dorthin ausgestreckt. Wenn also diese doppelte, schon überstandene Haft in Abzug gebracht wurde, so hatte die Verurteilte nur noch die kurze Frist von einer Woche und etlichen Tagen zu verbüßen. Dieses Urteil erfreute alle, die um die traurige Wallfahrt wußten – Steiner, den grimmigen, aber kränkte es; denn Ehrgeiz und Voreingenommenheit drängen oft die edlere Regung des Mitleids zurück.

Die Marie hatte einen Lichtpunkt in ihrer düstern Zelle, der von der kargenden Novembersonne unabhängig war, und dieser war das Herz der Frau Groggerin. Dahin wollte die Vielgeprüfte zurückflüchten. Sie wollte die alte Frau hegen und pflegen; sie wollte im Hause derselben wieder frisch und munter die Hände rühren, um alles andere aber sich nicht bekümmern.

Und so kam der Morgen, an dem sie aus der qualvollen Enge von neuem in die weite Welt treten konnte. Recht wie eine Wanderdirne kam sie sich vor mit ihrem Bündel, das auch den schrecklichen Zögger mit dem wärmenden Linnen und dem bergenden Tüchlein enthielt – alles hatte man ihr zurückgegeben, nur nicht das arme Kind! Wo dieses ein stilles Plätzchen gefunden, hatte ihr die gute Frau Groggerin ausgekundschaftet – dahin wollte sie zunächst, und ins Haus des Doktors noch, versteht sich; dann aber über die Berge, St. Gertraud zu; heim, nach einem langen trostlosen Irrgange heim! So hatte sie sich's zurecht gelegt.

Der Morgen war frisch; er färbte die Wangen der vor der Schwelle Aufatmenden und für einen Augenblick wie befangen Haltenden. Sie blickte dankbar zum Himmel auf, und dieser blendete sie, wiewohl er einer grauen Decke glich mit einem runden Ölfleck am Saume: – der Sonne! Es war ja der Allerseelenmonat.

Weißwinterlicher Reif lag auf den Dächern; Baum und Strauch in den Gärten, an den Berghängen war silbern umsponnen – aber Silber glitzert nicht so; das ist das Edelgeschmeide, mit welchem der Frost kahle Äste und kalte Herzen behängt.

Mit einem Ach der Überraschung und des Bangens schritt die Sinnende vorwärts, das Bündel unter dem Arm.

Da trat sie von der Straßenecke her ein Mann an, der sie schon längere Zeit mit Teilnahme beobachtet hatte.

» *Du* hier?« rief sie schmerzlich erregt aus. »Daß *du* mir noch einmal in den Weg treten würdest, hätt' ich mir wahrlich nicht verhofft. Es ist wohl eine schadenfreudige Neugier, was dich hergeführt hat. Ja, so schaut die Marie aus, nachdem du sie ins Unglück gebracht hast.«

»Wenn du auch noch so herb bist, ich verdien' es und kann's dir nicht verübeln,« antwortete der junge Mann; es ist Huber, der Kohlschreiber .... »Aber glaub mir, Marie, ich bin ein anderer geworden. Ich habe gezittert für dich, ich freu' mich, daß es so gut ausgegangen ist, ich komme in der besten Absicht.«

»Wie damals? – Gott verzeih' dir's! Ich will dir nichts nachtragen; aber daß es *aus* ist zwischen uns, hättest du dir wohl denken können.«

»Das kann dein letztes Wort nicht sein. Wenn du willst, führe ich dich frischweg zum Pfarrer, und schon am nächsten Sonntag soll die Welt erfahren, daß ich mich ehrlich zu dir bekenne...«

» *Heiraten* willst? Ich wünsch' dir viel Glück dazu. Aber doch mich nicht! Du hättest mich näher gehabt, und damals hätt' ich dir keine Schand' mit ins Haus zu bringen gebraucht.«

»Was du Schande nennst, ist kaum ein Schatten, und den leite ich auf mich ab. Ich bin der schwärzere Teil und das bringt schon mein Geschäft mit sich. Auch haben mir's die Leute empfindlich genug eingetränkt, daß ich so leichtsinnig gewesen bin. Ich werde dir erzählen davon.«

»Laß das; ich hab' vor meiner eigenen Tür zu kehren.«

»Schau, Marie! Ich habe in meinem ganzen Leben noch nichts so ernstlich überlegt und für so rechtschaffen erkannt, als daß ich an dir gutmachen soll, was ich verbrochen habe.«

»Hast du's damals nicht auch überlegt gehabt, oder ist dir damals das Lügen noch leichter angekommen?«

»Aber ich habe dir ja schon gesagt, daß ich ein anderer Mensch geworden, nicht auf einmal, aber nach und nach, und daß ich meinen Vorwitz, meine Flatterhaftigkeit auch nicht leicht zu büßen gehabt habe.«

»Und das alles soll ich glauben können, von dir glauben können?«

»Hab' ich dir nicht bereits die beste Probe vorgeschlagen?«

»Also heiraten möchtest mich – *jetzt*? Es geht nicht, guter Mann, auch wenn ich an deine Bekehrung glauben wollt'. Wir täten ja immer ein kleines, armes, kaltes Ding zwischen uns haben. Du weißt wohl nicht, wo unser Kleines liegt? Kannst mitkommen, wenn's dich freut. Es kann auch nicht schaden, wenn es seinen Vater kennen lernt.«

Der junge Mann antwortete nicht, schritt aber, selber ernst, weiter an der Seite des ernsten Mädchens.

Und sie kamen vor die Stadt hinaus und bogen in eine Seitengasse, und vor ihnen lag der ummauerte viereckige Hof, daraus ein

bereiftes Kreuz hochauf ragte. Von Bäumen, die kein Blätterrau-
schen hatten, war das stille Geviert umstanden. An Halbkuppeln,
welche über die Mauer reichten, merkte man, daß da auch viele
Reiche Einkehr gehalten; sie gehörten Denkmalkapellen an.

Die zwei traten ein, und als wüßte sie längst Bescheid, oder aber
vom Mutterinstinkt getrieben, eilte die Gertrauder Marie bis in den
hintersten Winkel vor. Ein neueres hölzernes Kreuzlein war ihr Ziel
– die gute Groggerin hatte es in die frierende Erde stecken lassen.

Die unglückliche Mutter warf sich davor auf die Knie; ein Strom
von Tränen entstürzte ihr; sie betete – mein Gott, das arme Würmchen, das nichts verbrochen und nur ein Paar schmerzliche Atem-
züge getan, braucht doch kein Gebet? Still! Was ein Mutterherz
betet, errät ein anderes nicht so leicht.

»Da liegt's!« sagte sie, sich erhebend ... «Ist dir nicht auch ein bißchen leid darum?«

»Wir sind noch jung; Gott kann uns verzeihen und ein neues
Glück bescheren,« antwortete Huber, dem gleichfalls Tränen in den
Augen standen.

»Das war' ein frevelhaftes Hoffen! Ein Bauer, der mit der Gottes-
gab' nicht umzugehen weiß, verdient keine gesegnete Ernte.«

»Und doch,« sagte der junge Mann mit Nachdruck, »und doch
sehe ich für dich keine andere Genugtuung und für mich keine
andere Sühne, als daß wir nun gemeinschaftlich das Leben tragen,
mit dem wir bisher nicht am besten umgesprungen.«

»Und wenn du wirklich Ernst machen wolltest: ich könnt' eine
heimliche Angst nicht überwinden; ich müßt' immer glauben, als
ging' neuerdings das Unglück an mit *dir*; und daß ich noch eine
Freud' haben sollt', hab' ich mir schon lang' verredet.«

»Marie, ich lass' nicht nach, zu deinem eigenen Besten nicht! Ich
habe mir das alles schon so schön ausgemalt; du wirst ein gutes
Heim bei mir haben, und um was wir gewitzigter sind, um das
werden wir ja gescheiter und bescheidener hausen.«

»Ich seh' wohl, daß du's jetzt nicht schlecht mit mir meinst. Aber
ich hab' mir halt die Angst angelernt, und zu verdenken ist's mir
wahrlich nicht, und guter Rat ist teuer.«

»So frag, eh' du ja sagst, bei der guten Frau Mutter in St. Gertraud an.«

»Und wie wär's, wenn wir die Muttergottes in Buch um Rat fragten? Ich bin ihr eh auch einen andächtigen Besuch schuldig.«

»Einverstanden, Marie! Und jetzt gleich! Dein Bündel können wir ins nächste beste Haus derweil zum Aufbewahren geben.«

»Du meinst also ...?«

»Frisch Vorwärts, Marie!«

Auf dem Weg durchs starrende Wäldchen war man nicht so redselig, als soeben zuvor auf dem stillen Friedhofe. Man hatte sich ausgesprochen, aus dem Tiefsten heraus, und nun schien jedes dem Nachhall der eigenen Worte und der des andern zu lauschen. Marie überlegte zagenden Herzens; mutiger schritt ihr Huber zur Seite. Aber er hätte nicht vermocht in die Empfindungen und Gedanken der Gefährtin einzugreifen, und Gleichgültiges, Munteres wollte ihm nicht über die Zunge.

Um nicht neugierigen Blicken zu begegnen, hatte man einen kleinen Umweg gemacht und war hinter der Stadt herumgekommen. Das war aber nun wirklich der Waldweg nach Maria-Buch. Marie hatte ihn schon einmal, in umgekehrter Richtung, geführt von der mitleidigen Pfarrersmagd, zurückgelegt: aber sie entsann sich keines Baumes, keines Strauches, keiner Krümmung, Lichtung oder Unebenheit: wie mußte ihr damals gewesen sein! Sie dankte Gott, der ihr denn doch wieder die Wildnis gelichtet und ehrliche Pfade gewiesen. Sie war gehobenen Gemütes, wenn auch noch nicht Freude darin aufgezündet war.

Die Kirche stand offen; die eine und andere Messe mochte schon vorüber sein – es war kein Priester am Altar.

Marie eilte zu den Gnadenstufen vor, kniete da nieder und betete lange, weltvergessen, mit der Madonna allein wie damals; aber ihre Bitten waren jetzt zahmer, lauterer, und sie konnte vertrauensselig den Blick erheben.

Huber war in einem der hinteren Betstühle zurückgeblieben. Er war sicherlich auch in keiner oberflächlichen Stimmung. Aber sobald er merkte, daß seine Gefährtin für eine Weile der Wirklichkeit entrückt war, schlich er sachte hinaus und ließ sich das Zimmer des Herrn Pfarrers weisen.

Er traf den geistlichen Herrn beim Frühstück, und seinem einnehmenden Wesen ward ein freundlicher Empfang. Rasch bekannte und erzählte er, daß er der gewissenlose Verführer der Klöckl Marie sei, daß er willens, dieselbe zu versöhnen und ihr die Hand zu reichen; daß sie heute aus ihrer Haft entlassen worden, mit ihm hieher gepilgert und drinnen in der Kirche sei, betend, zweifelnd, ob sie ihm ohne neuen Frevel die Hand reichen dürfe, da ein kleines, armes, totes Wesen zwischen ihm und ihr.

Der Pfarrer begriff unschwer und die offene, mutige Weise des jungen Mannes gefiel ihm. Nachdem er noch über dies und das sich näher erkundigt hatte, schickte er den Mesner ab, die Beterin zu holen.

Dieser erkannte in ihr allsogleich das unglückliche Mädchen mit dem Zögger. Er näherte sich ihr lächelnd und sagte: »Kennt mich die liebe kärntnerische Dirn nicht mehr? Jetzt *ruft* dich der Herr Pfarrer, und ein junger, sauberer Bursch steht drin bei ihm – heut' geht's wohl aus einem anderen Ton?«

»Ihr seid's, Herr Mesner? Ihr habt Mitleid mit mir gehabt, Gott vergelt's Euch!«

Und für sich fügte die Gestörte hinzu: Daß er schon drin ist beim Herrn Pfarrer, daran erkenn' ich, daß er rechtschaffen Ernst macht. Nun denn, in Gottes Namen!

Der Geistliche hatte keine große Mühe, das geängstigte Herz des Mädchens vollends zu beschwichtigen. Er äußerte seine Freude darüber, daß der armen Pilgerin nicht übler mitgespielt worden sei, wie auch darüber, daß sie so gut aussehe, indem er scherzend bemerkte: Ich hätte nicht gedacht, daß die Kerkerrosen so schön blühen – es muß wohl von einem guten Gewissen herkommen. Dann fuhr er fort, es müsse sie ja freuen, beitragen zu können, daß ihr Freund auf den rechten Weg zurückgelange; sie beide seien schwer heimgesucht worden, aber Gott liebe die, die er züchtigt; dann sei ja ein geordneter christlicher Hausstand als Sakrament an sich schon ein gottwohlgefälliges, gesegnetes Wesen, und es sei nichts weniger als eine Sünde, mit ernstem Bedacht in denselben zu treten; nur leichtfertige Ehen seien mit der Gefahr verbunden, übel zu geraten. Das und des Schicklichen noch mehr legte der würdige Priester der ängstlichen Braut ans Herz.

Dann langte er sogleich das große Buch hervor, um die beiden als richtige Brautleute einzutragen. Das Mädchen kannte er schon sattsam aus den Gerichtsakten, in welche auch seine Zeugenschaft mit verflochten worden, und der Mann, der von der Arrestschwelle hinweg seine Geliebte zum Traualtar führen wollte, flößte ihm auch ohne die näher beglaubigenden Papiere Vertrauen ein.

Auf dem Rückwege in die Stadt erzählte Huber seiner Braut von dem Empfange, der ihm im Hause des Doktors geworden.

»Und du willst mich dennoch dahin begleiten?« fragte Marie verwundert.

»Eben deshalb!« war die Antwort ... »Die Lektion hat mir gut getan, und der scharfe Herr soll sehen, daß sie auch etwas genützt hat.«

Und im Doktorshause kam es zu artigen Überraschungen. Der Bezirksarzt sagte laut zum Kohlschreiber: »Herr Huber, ich habe Sie neulich etwas gehofmeistert; ich bin Ihnen Genugtuung schuldig – wenn Sie einen Beistand brauchen, verfügen Sie über mich.«

»Und ich,« fiel Frau Schlag ein, »gebe der Marie aus meinem eigenen Herzen und im Namen ihrer abwesenden Freundin Grogger den Brautsegen.«

»Und dann darf wohl ich als Brautjungfer mit dabei sein?« machte sich aus dem Hintergrunde Luise, das wackere Kammerkätzchen, bemerkbar.

Natürlich wurde das alles dankbar und freudig angenommen.

Die Trauung fand in der Gnadenkirche Maria-Buch statt. Der Herr Pfarrer selbst nahm sie vor, trotz Zipperlein und Atemnot; seine Ansprache war ebenso sachlich als erbauend.

Der Mesner war so wie so an seinem Platz. Die Kuhdirn Julie hatte sich für das Stündchen leicht frei zu machen gewußt. Das alles ist nicht sehr verwunderlich.

Aber daß der lange Veit gesagt hatte: Heute spannen wir später ein, und daß er mit seinem klugen Spitz noch rechtzeitig vor Maria-Buch anlangte, verdient besonders hervorgehoben zu werden. Denn daß ein Fuhrmann von der großen, geraden Heerstraße abweiche, dazu braucht's viel.

Die Hochzeitsreise ging selbstverständlich an der Dreikönig-Resi vorüber nach St. Gertraud, zur guten Frau Groggerin.

Verlagswerbung an dieser Stelle gelöscht. Re.

Über tredition

Eigenes Buch veröffentlichen

tredition wurde 2006 in Hamburg gegründet und hat seither mehrere tausend Buchtitel veröffentlicht. Autoren veröffentlichen in wenigen leichten Schritten gedruckte Bücher, e-Books und audio-Books. tredition hat das Ziel, die beste und fairste Veröffentlichungsmöglichkeit für Autoren zu bieten.

tredition wurde mit der Erkenntnis gegründet, dass nur etwa jedes 200. bei Verlagen eingereichte Manuskript veröffentlicht wird. Dabei hat jedes Buch seinen Markt, also seine Leser. tredition sorgt dafür, dass für jedes Buch die Leserschaft auch erreicht wird.

Im einzigartigen Literatur-Netzwerk von tredition bieten zahlreiche Literatur-Partner (das sind Lektoren, Übersetzer, Hörbuchsprecher und Illustratoren) ihre Dienstleistung an, um Manuskripte zu verbessern oder die Vielfalt zu erhöhen. Autoren vereinbaren direkt mit den Literatur-Partnern die Konditionen ihrer Zusammenarbeit und partizipieren gemeinsam am Erfolg des Buches.

Das gesamte Verlagsprogramm von tredition ist bei allen stationären Buchhandlungen und Online-Buchhändlern wie z. B. Amazon erhältlich. e-Books stehen bei den führenden Online-Portalen (z. B. iBookstore von Apple oder Kindle von Amazon) zum Verkauf.

Einfach leicht ein Buch veröffentlichen: **www.tredition.de**

Eigene Buchreihe oder eigenen Verlag gründen

Seit 2009 bietet tredition sein Verlagskonzept auch als sogenanntes "White-Label" an. Das bedeutet, dass andere Unternehmen, Institutionen und Personen risikofrei und unkompliziert selbst zum Herausgeber von Büchern und Buchreihen unter eigener Marke werden können. tredition übernimmt dabei das komplette Herstellungs- und Distributionsrisiko.

Zahlreiche Zeitschriften-, Zeitungs- und Buchverlage, Universitäten, Forschungseinrichtungen u.v.m. nutzen diese Dienstleistung von tredition, um unter eigener Marke ohne Risiko Bücher zu verlegen.

Alle Informationen im Internet: **www.tredition.de/fuer-verlage**

tredition wurde mit mehreren Innovationspreisen ausgezeichnet, u. a. mit dem Webfuture Award und dem Innovationspreis der Buch Digitale.

tredition ist Mitglied im Börsenverein des Deutschen Buchhandels.

Dieses Werk elektronisch lesen

Dieses Werk ist Teil der Gutenberg-DE Edition DVD. Diese enthält das komplette Archiv des Projekt Gutenberg-DE. Die DVD ist im Internet erhältlich auf **http://gutenbergshop.abc.de**